C'est le soleil qui m'a brûlée

CALIXTHE BEYALA

Calixthe Beyala

C'est le soleil qui m'a brûlée

Éditions J'ai lu

Pour Asseze S.,
toi la Femme dont le silence
a su si bien me parler.

Je suis noire et pourtant belle, filles de
Jérusalem [...]
[...] Ne prenez pas garde à mon teint
basané :
c'est le soleil qui m'a brûlée.
Les fils de ma mère se sont emportés
contre moi,
ils m'ont mise à garder les vignes.
Ma vigne à moi, je ne l'avais pas
gardée !

> *Le Cantique des Cantiques,*
> Premier poème.

« *Ici, il y a un creux, il y a le vide, il y a le drame. Il est extérieur à nous, il court vers des dimensions qui nous échappent. Il est comme le souffle de la mort.* »

J'ai connu Ateba lorsqu'elle entrait dans sa dix-neuvième année. Tous s'accordaient à la trouver belle, et moi, Moi que nul ne voulait voir ni même écouter, moi la bête à jamais cachée dans la grotte des pensées à naître, j'étais d'accord pour dire qu'elle était belle, parce que les horreurs qui déferlaient sans cesse à mes yeux m'avaient appris l'art de voir sans voir, et de ne voir que ce que j'ordonnais à mes yeux de prendre. Toute l'année, dès que l'aube levait son rideau gris, elle s'asseyait sur un banc, accomplissait les gestes du réveil de femme et donnait l'oreille à Combi la voisine. Et, tous les jours, Combi racontait la même antienne : « *Si la vie n'arrête pas de me prendre à la gorge, je mange le corps qui me vole mon homme.* » Et, tous les jours, en vertu d'un décret qui prétendait que toute vérité était quantifiable, et qui, devant l'abondance infinie des vérités, des êtres et des choses, établissait des inva-

5

riantes, Ateba recevait sa dose d'ordres thérapeutiques qu'Ada sa tante lui administrait. Sa tante clamait qu'à les suivre elles aboutiraient, elles ne se tromperaient pas, elles ne pourraient se tromper, puisque la divinité n'était plus, puisque le divin était aussi mouvant qu'un film. Ateba se tenait immobile, les bras croisés, le regard couché ailleurs, elle l'écoutait ou feignait de l'écouter. Elle marchait raide. Ada en était fière. A qui voulait bien l'écouter, elle répétait : « J'ai réussi à lui programmer la même destinée que moi, que ma mère, qu'avant elle la mère de ma mère. La chaîne n'est pas rompue, la chaîne n'a jamais été rompue. » Elle claquait de la langue, remuait de la croupe, se mouchait bruyamment et donnait des détails piquants sur son projet. Quelquefois, les bouches s'oubliaient et laissaient couler : « Parmi les femmes, Ada en est une ! »

Mais Moi, Moi dont les ténèbres avaient rendu la présence aussi invisible que l'invisible, je savais que la bouche mentait, je savais que la langue mentait, je savais que même les oreilles qui se tendaient timidement pour leur dose de prescriptions mentaient, tous mentaient... Car tous ignoraient que derrière la jeune fille de dix-neuf ans qui errait silencieusement à travers les ruelles boueuses du QG, trottinait l'ombre de la femme qui, chaque jour, à l'heure du soir, regardait fixement le ruisseau qui traversait le quartier et se demandait ce qu'elle allait bien pouvoir faire. J'étais la seule à comprendre son désarroi. J'écoutais, je compatissais, je me proposais de l'aider de mon mieux. J'appelais les astres, je chamboulais les états d'âme, personne ne m'écoutait, personne ne me regardait, tous s'occupaient plus de leurs morceaux de tôle que de Moi, en un mot JE GÊNAIS, j'encombrais, il était temps que je regagne ma place auprès des astres. Je scellai la bouche pendant dix-neuf ans et dix-neuf mois. J'attendais le moment opportun, car le sage comme l'esprit ne doit répondre qu'à l'essentiel. A-t-on jamais vu une mère répondre à une question avant qu'elle ne soit posée?

J'attendais, je vieillissais, je m'affaiblissais. J'attendais que viennent à Moi tous les enfants d'Afrique, tous les enfants de l'univers. Je voulais qu'ils sachent comment l'homme pleure au lieu de rire, comment il parle au lieu de chanter. Je voulais qu'ils apprennent comment la confusion des valeurs, des notions, des sensations, des souvenirs avait fini par tuer l'histoire jusqu'aux origines... Je voulais... Je voulais... Et la question ne venait pas, la question n'allait pas venir, j'allais mourir dans mes vouloirs, sans avoir remonté ses sources, sans m'être levée une fois d'entre les morts... Aujourd'hui, j'en ai marre! Ras le bol! J'ai envie de parler... J'ai terriblement envie de parler de cette aube triste, de ces heures qui ont couru avant l'arrivée de l'homme... Je puis dire sans attenter à la vérité que c'est sa faute... Tout est sa faute... Et elle... Il a fallu qu'elle séduise les étoiles pour survivre.

Jean Zepp dévale quatre à quatre les escaliers de la scierie. Il traverse au pas de course le grand portail de fer forgé, se précipite dans la rue et hèle un taxi.

« Au QG, s'il vous plaît.

— *Bad luck!* s'exclame le chauffeur indigné. Tu as vu mon taxi? Aller dans un trou pareil? Jamais! » Il démarre en trombe.

Chaleur étouffante. Soleil accablant, un escadron de grosses mouches noires patrouille au-dessus d'une montagne d'ordures. Des rats jouent à cache-cache. Des chiens et des chats pelés se disputent quelques détritus. Plus loin, assis sur la chaussée, un vieillard, le visage creux, un régime de bananes entre les jambes, guette l'arrivée d'un éventuel pousse-pousse en mâchant de la noix de cola.

Zepp attend. Il se porte bien. Il s'applique à le faire voir. L'œil offensif. La bouche encourageante. Un pouce levé. Les taxis passent. Le temps aussi.

Il regarde la montre à son poignet. 12 h 30. Voilà une heure qu'abattu il suit jusqu'à la limite de ses yeux la silhouette des taxis qui balancent leur « Non » avant de disparaître au bout de la rue en pétaradant.

« Je vais au QG.

– T'es malade ou quoi?

– Je vais au QG.

– Fais-toi porter par ta maman.

– Je vais au QG.

– Pourquoi pas à Paris? »

Sans compter d'autres refus encore plus inju-
rieux. Taxis chics. Taxis à l'image des chauffeurs.
Graisseux, sales, négligés, débraillés. Image du QG...
Mais crasse différente et supérieure à celle du QG.
Car la crasse, comme les fesses, se divise en deux
catégories. D'un côté la crasse riche, où l'on peut, à
défaut d'y trouver à manger, humer les relents de
l'opulence. Fesses riches, flétries, abîmées, exhalant
déjà les effluves de la mort, mais toujours ardentes
et généreuses. Et dans ce domaine, Jean Zepp en
sait long. Il n'est pas bien loin de l'époque bénie de
Mama Mado. Mado avouant plus de soixante saisons.
Mado insatiable au lit, généreuse à table. Et Zepp,
lui, était son petit oiseau. Il se mettait sur les
branches et chantait. Il chantait ses jambes, il
chantait ses bras, il chantait ses lèvres. Ils chantaient
ensemble les mêmes choses, ils ne se comprenaient
pas, ils étaient heureux, ils ignoraient la nature de
leur bonheur, ils mouraient pour se lever aux
aurores. Ah! Mado! A jamais inscrite dans ses
mémoires de fauché. Cul. Billet. Fesse. Tout diffère
de cette crasse qugétiste vidée de tout. Crasse à l'état
pur, réplique exacte de la fesse pauvre en état
crépusculaire. Flasque, répugnante, inutile... Même
pas d'odeur où flanquer le nez!

L'air est suffocant. Le goudron de la chaussée
fond doucement et ses semelles de plastique collent
au bitume. Le cœur lourd, les narines nostalgiques,
Jean décide de faire le chemin à pied. Il peine sur

sept bornes de route poussiéreuse, encadrée par de vieilles demeures de style colonial. Il se dit qu'avant... Non. [Il n'y a pas d'avant, il y a la terre sans avant, il y a les hommes sans avant, puisque avant c'est devant, la route est droite, l'Homme marche droit devant lui sans hésitation, sans chanceler, ne se retournant que pour actualiser d'autres avants enfouis dans la mémoire collective.] Et devant Jean il y a la route du Nord. Il la prendra comme Jacques, Paul, Isidore, Essamé, Abaga et bien d'autres avant eux. Il prendra la mer, il rapportera des voitures, des meubles, des frigos, des gazinières. Et il leur en fera voir à tous ces taxis qui refusent de l'amener : aujourd'hui tout vêtu de lin, demain de cuir, après-demain de cachemire, hier de daim, le tout griffé « Yves », et la gâ la plus platinée du monde suspendue à son bras. Et maman sera heureuse, il lui enverra de l'argent, elle sera la maman la plus enviée de la terre avec ses moulinettes et ses robes « Marçon Griffel ». Il construira des maisons, des maisons somptueuses, de plus en plus somptueuses. Une maison pour la tante, une pour le cousin, une pour le cousin du beau-frère, avec tout plein de tôles et de marbre venus d'ailleurs, et une femme venue d'ailleurs. Il fronce ses sourcils broussailleux comme un champ en friche. Il a ouï dire que la gâ la plus platinée du monde n'aime pas la famille... A moins que... Pas le temps aujourd'hui. Il y songera un autre jour. D'abord régler son problème de logement. D'ailleurs, il est arrivé. Le QG, c'est là.

Chaleur humide. Ciel blanc hypnotique. Les façades des maisons ressemblent à de vieilles dames ridées et les vieilles dames ressemblent à de vieux bidons rouillés, les uns comme les autres rongés par la vie, momifiés par l'attente de la vie. Dans les rues, hommes, femmes et enfants marchent lentement, lourdement. Certains parlent seuls. Les autres leur jettent des coups d'œil étonnés et disent : « Ah! Le pauvre. Il est complètement fou. Ah! La misère! » Puis, à leur tour, ils se mettent à soliloquer en marchant. Jean traverse le pont, s'arrête un instant pour éponger son front, dégoulinant de sueur, du revers de la main avant de jeter un regard appuyé sur la maison en face de lui. C'est bien là. Il ne peut se tromper, son informateur a été formel : « Après le pont, lui a-t-il dit, c'est la première à droite. » Et la pancarte est là, suspendue de travers sur le mur : « Chambre à louer ». Il pourra toujours y tasser ses os en attendant le jour où il fera match nul avec le destin. Il claque dans ses mains pour s'annoncer et entre.

L'accueil est glacial. Ada vautrée dans un fauteuil de skaï marron, la main droite sur l'accoudoir et la main gauche entre les cuisses, mène l'enquête. D'où vient-il? Que fait-il? Où ira-t-il? Que fera-t-il? Qui paiera? Enquête serrée, il faut en convenir. Pièges déguisés en étonnements. Interrogations affirmatives. Répétition des questions. Dix, vingt, cent fois et toujours la main plantée entre les cuisses, les lèvres retroussées, exhibant de grandes dents écartées comme la ferraille d'une bouche d'égout. Il flaire le piège, Jean Zepp, le mâle familiarisé aux signaux féminins. Première règle : ne pas se laisser impressionner par le débit torrentiel de la femelle. Deuxième règle : retenir des faits pertinents. Troisième règle : raconter. Et il raconte. Des histoires drôles, irrésistibles, fantastiques. Avait-elle vu la télé? Quoi? La TÉLÉVISION. Non. Non? Lui l'avait vue à son travail. Le récepteur, l'écran, les images, les paysages, un homme, une femme. Des vrais? Qu'est-ce qui sépare le vrai du faux? Qu'est-ce qui sépare la joie de la souffrance? Qu'est-ce qui sépare Dieu de l'homme? Et l'ombre de l'homme? Ils vivent, ils mangent, ils aiment, ils ont un dynamisme propre. Comme nous. Comme les animaux et les plantes... L'essentiel, c'est de les entendre parler, de les écouter et de cerner leurs secrets... Alors seulement, on pourra les apprivoiser.

Ada l'écoute à la fois inquiète et admirative. Ah! là! là! L'homme a de la barbe! Elle en a vu des hommes dans sa vie, de ceux qui troussent les culottes et oublient la carotte; ceux qui cuisinent les toisons et les dévorent sous l'œil dégoûté de leurs femmes; elle a vu les coupables, les fautifs, les usurpateurs, les insomniaques... Mais, celui-là est inclassable. Certainement un produit d'importation. Prise d'une vive émotion, elle parle.

« C'est Dieu qui t'envoie, mon fils. Puisque c'est Dieu qui t'envoie, je désire que tu acceptes d'occuper les lieux dès aujourd'hui. Faut pas le contredire le Seigneur. Il sait ce qu'il fait... Pas fou lui! Impossible de le tromper... Il faut prendre son parti, mon fils. Ce n'est qu'à ce prix qu'il regardera par nos fenêtres.

– Je sais, Mâ... Je sais...

– Je suis contente fils que tu sois raisonnable. Malheureusement, je manquerais au plus élémentaire des devoirs en ne te faisant pas visiter moi-même la maison. Ma fille s'en occupera... Tu verras, elle est gentille.

– Je sais, Mâ... Je sais... »

En fait, il parlait trop vite, car il ne savait plus ce qu'il savait, mais il savait qu'il lui fallait la chambre.

La chambre « lumière », comme on l'appelle pompeusement, est la pièce la plus claire de la maison.

Une petite fenêtre rectangulaire diffuse une lumière tamisée par un morceau de drap. Le sol est jonché de vieux journaux, de mégots, de bouchons et de capsules de bière. Des cartes postales et des couvertures de magazines de toutes sortes tapissent les murs. Dans un coin, une table basse et un fauteuil bancal.

Jean, les mains dans les poches, va et vient dans la pièce. La faible clarté qui filtre par la fenêtre suffit à souligner les lèvres épaisses, l'œil rieur et les mains poilues. Il pense qu'il faudra tout nettoyer, meubler, mais il n'en a pas envie, il n'a envie de rien. Si... De la chambre, ici, et de la blonde platinée, maintenant. Il allume une cigarette, en aspire une bouffée et, la tête tournée vers le plafond, il daigne enfin parler à la fille qui depuis dix minutes éteint les yeux derrière son visage pour ne pas croiser son regard.

« Ta mère m'a dit... »

Soudain, Ateba relève la tête et le regarde. Moi je savais que tout se déroulerait conformément aux prévisions des astres, qui connaissaient l'origine de la femme et la provenance de l'homme. Je savais qu'elle lèverait la tête et clamerait son désir de parler, afin que les mots obscurs dans leur clarté deviennent lumière dans leurs ténèbres. Je savais qu'elle voulait parler ainsi afin que l'homme se découvre dans la forme limitée de ses vérités. Je guidais son souffle, je guidais ses lèvres... C'était mon rôle.

« Ada n'est pas ma mère. Elle est ma tante. »

Tiens! Encore une qui parle comme les Occidentaux!

« J'aurais pourtant juré que tu étais une de ces jeunes filles bien élevées qui se font si rares de nos jours. Visiblement je me suis trompé. Que Madame veuille donc m'excuser. »

14

Courbette. Sourire. Mais les yeux jaunes surplombés de gros sourcils ne rient pas. Une violence inquiétante reste tapie au fond des prunelles.

« Comment devrait-on vous appeler? Madame tout court ou Madame la Blanche?

— Ni l'un ni l'autre. Mais sachez qu'on ne vit pas et qu'on ne meurt pas à la place des autres.

— Garce!

— Je garde mon identité.

— Peux-tu me dire la différence qu'il y a entre ta tante et ta mère? Peut-être est-ce parce que l'une t'a portée dans son ventre et l'autre pas?

— Peut-être...

— Salope! Laisser tomber ses valeurs... Qu'as-tu de plus à adopter la pensée européenne, hein? Peut-être quand les Blancs nous anéantiront, alors réagiras-tu?

— Peut-être. »

Une sonorité douce, un défi. Ces mots lui plaisent, ils l'arrêtent, elle les répète : « Peut-être. » Ils ne lui plairaient pas, ce serait du pareil au même. Le temps s'est désaxé, l'homme s'est désaxé, qu'importe le reste! Elle a perdu le décompte des années, il y a bien longtemps quand, la mémoire toujours tournée vers le passé, elle attendait le retour de sa mère. Elle guettait l'aube qui apportait les vacances, les pluies, le maïs, ils venaient, Betty ne venait pas. Janvier, février, mars, elle ne comprenait plus. Les mois se ressemblaient tellement pour elle! Pourquoi janvier avant février? Pourquoi octobre avant décembre? Elle aimait bien juin. Elle aurait voulu que l'année commence et finisse par juin. L'homme avait fauté dans son classement des mois. Elle attendait qu'il s'en rende compte et, chaque jour, elle espérait de façon insensée le moment où l'homme compterait la lune à rebours... Elle disait :

« Les morts ne sont pas morts. Betty n'est pas partie. Il n'y a jamais eu de guerre. L'homme s'est trompé d'heure ! » Et tout a passé. Le temps s'est brûlé. Sans elle. Sans rien. Peut-être.

Elle ne l'a pas vu amener son corps vers elle. Elle est sortie de ses réflexions en voyant ses mains s'abattre sur ses bras. Il la secoue, il crie, elle respire son souffle de tabac bon marché. Répulsion ? Refoulée.

Être ailleurs... Sentir d'autres odeurs. La mer. Le sel. Raconter la rue, un chien qui passe, un corps triste, une moue ou simplement un courant d'air.

« Garce... Pute... Salope... Moi qui te prenais pour une fille bien... Tu aurais pu être ma femme... Mais tu n'es qu'une pute ! »

Il hurle, il la secoue, elle ne dit rien. Pourtant, elle pourrait lui expliquer, lui dire qu'elle ne voulait pas le blesser, qu'elle était une fille « bien » au fond, tout au fond d'elle, là où le bateau chavire dans les eaux fluides de la femme. Pour qu'il ne la touche plus. Pour qu'il ne la secoue plus. Pour qu'il ne l'insulte plus.

« Les mêmes, dit-il en haletant... Toutes les mêmes. »

Et si elle sautait par la fenêtre ? Elle tomberait. Tomber. Ensuite, s'élever. Vas-y, femme, tombe. C'est ton destin : allumer le flambeau des ténèbres avant de regagner la légende. Il s'agit d'une route, femme... D'une route en sens unique. Ta parenté avec la mort sera confirmée. Et après ? Rien, femme. Rien... Des milliers de fleurs pleuvront dans le crépuscule d'octobre et les hommes... Eh bien, les hommes lèveront l'aube des Sacrifices.

Soudain, comme dans un éblouissement, elle s'imagine violée là, sur le sol souillé. Elle se met à hurler, elle a peur, elle a le vertige, elle a mal, il

16

aime la peur, il aime la douleur, il aime le gouffre, il la prend à bras-le-corps et lui colle un baiser profond, il attend la gifle, elle ne vient pas; déçu, il la repousse loin de lui et se met à parler. Il parle très vite avec des mots qui bousculent et justifient. Il dit qu'il n'a jamais violé une femme, elles ont toutes marché, toutes... Il y va de son honneur d'homme. Elle l'écoute? Sa fausse dignité, elle n'a qu'à se la mettre où il sait.

Elle ne l'écoute pas, elle saisit le sens de ce qu'il dit, il résonne en elle et ailleurs, il gifle le vent, il frappe la fenêtre, il insulte les mots qu'elle veut sortir et qu'elle ne sort pas, les larmes qui la peuplent et qu'elle retient... Mais la femme, la femme n'entend pas. Elle comprend et elle le laisse aller jusqu'au bout, elle le laisse tarir le mot, elle laisse ses chairs se ramasser sur elles-mêmes. Jean part en claquant la porte, alors seulement, elle éclate en sanglots. Elle pleure, elle demande aux larmes de venir, de venir, de transformer sa vie en un gigantesque lac et de la purifier, de sanctifier sa vie. Puisque l'homme l'a obscurcie avec ses calomnies, puisqu'il l'a souillée avec ses mains. Ah! Si les étoiles le savaient! Autrefois, Ateba était femme. Elle était des milliers de femmes. Était-elle belle? On ne pouvait pas dire qu'elle était belle puisque la laideur n'existait pas, puisque la beauté était hasard dans la vie de l'homme, puisqu'il allait par les rues hurler son dégoût du reste, de ce qui n'était pas lui-même. Elle était Ateba et toutes les femmes étaient elle. Elle séduisait la pluie et le vent, elle était le divin.

Voilà des années qu'Ateba n'a autant pleuré. Elle observe les larmes, elle regarde son chagrin, elle essaye de le traquer. Elle n'y arrive pas. Alors, elle traîne ses fesses dans la poussière et donne l'oreille à la rue. Au loin, un enfant pleure; une femme se lamente ; un chien gémit. Les pleurs l'abandonnent car elle aime ces plaintes des autres, elle a toujours aimé ces cris qui s'égarent, se retrouvent, s'évanouissent, fusionnent tandis qu'ailleurs le bonheur continue sa marche altière. Elle aime se plonger dans la douleur comme d'autres dans la mer, y couler, s'y noyer.

Les yeux desséchés par l'enfer des autres, elle délie lentement son corps et s'allonge par terre. Elle se dit qu'elle vit son deuil dans la chambre que Jean va occuper. Bientôt, elle sera cadavre dans sa chambre d'homme. Chaque pierre, chaque tôle, chaque planche, chaque grain de sable, empreint d'elle, de son corps sans vie. Elle se dit qu'à défaut de respecter sa vie il survivra à sa mort, il regardera son corps, il l'accueillera dans sa mémoire malgré lui, en dépit de lui. Pour se libérer, il appellera à la souffrance, au châtiment, ils ne viendront pas, puisque la souffrance est un cadeau, puisque le châtiment est un cadeau, il n'y aura plus rien à mobiliser pour servir de bouclier... Mais comment diable peut-elle si jeune penser à sa mort ? Un pressentiment ? Non. Elle ne veut pas, elle ne veut pas mourir. Elle ne veut pas crever la bouche ouverte comme oncle Samba qui buvait comme un trou ; elle ne veut pas mourir sur la pointe des pieds comme Grand-Maman à qui la mort avait arraché les tripes. Elle ne veut pas... Elle ne veut pas... Elle est Ateba, jeune, belle, dynamique, avec des milliers de lunes devant elle et la lueur aussi. Elle veut bien laisser la mort caresser ses chairs, pourvu qu'elle soit capable de se réveiller à l'aube, de s'élever aux étoiles. Superstition ? Elle ne se pose pas la question en ces termes. Elle réagit simplement aux : « Pense pas à certaines choses... Par ta pensée, tu les matérialises » et aux : « Si jamais ta pensée t'échappe, parles-en à quelqu'un. » Et elle sait qu'il faut coûte que coûte parler à quelqu'un. Ada? Non. Trop de complications au bout sans compter les « pourquoi » qui forcément se retourneraient contre elle. Combi? Elle devrait par la même occasion écouter pour la énième fois le récit de ses malheurs. Ses amours. Ateba n'en a pas envie. Elle décide de monologuer. Elle aime ça. Enfant, lorsqu'elle commettait une faute, bien avant d'être réprimandée par quiconque, Ateba s'éclipsait dans sa chambre. Et là, dans la solitude et le silence, elle jouait son numéro.

Elle commençait par se déshabiller, ensuite elle s'asseyait en tailleur au pied du lit, coudes levés, bras à l'horizontale, mains jointes, comme une déesse hindoue. Les yeux fermés, elle parlait. Par exemple, une voix grave déclarait : « Vous, Ateba Léocadie, Citoyenne et Servante de Sa Majesté le Roi d'Awu, êtes accusée de haute trahison, de traîtrise à l'ordre naturel de la vie, par conséquent, vous êtes condamnée à payer cinq cent mille francs et à recevoir cent coups de fouet. Accusée! Qu'avez-vous à dire pour votre défense? » Une autre voix répondait, une voix d'enfant cette fois : « Que Sa Majesté veuille bien pardonner à son humble servante. Le verre m'a échappé des mains. Je prie Sa Majesté d'avoir pitié et de m'épargner le fouet. Je ferai tout ce que désire Sa Majesté mais qu'elle m'épargne une telle humiliation!

– Je ne veux rien entendre! tonnait la voix grave. Qu'on l'emmène! Bourreau! » Et la voix enfantine se mettait à sangloter en parlant, elle se repentait, elle suppliait! « Épargnez-moi, Seigneur! Je mérite Votre courroux, Épargnez mes chairs! Je suis fautive, ne me châtiez pas! La mort, Seigneur, souffle sur mon corps, épargnez-le! » Plus elle hurlait, plus son imagination courait. L'humble servante entourée de

19

bourreaux suscitait la pitié des foules. Elles ne comprenaient pas, elles lançaient des pierres, cassaient des vitres, pour assouvir leur désir de comprendre, pour ne plus comprendre, pour ne plus avoir à comprendre. Finalement, elles la sauvaient, puisque l'inconnu, c'étaient les bourreaux, puisque l'ennemi, c'étaient les bourreaux. Quant à Ateba, elle leur était absolument indifférente.

Ateba se lève et ôte son pagne, se rassied et ferme les yeux : « Madame la mort. Je vous vois m'attirer vers vous avec douceur. Je sens votre chaleur, pourtant j'ai si froid. Peut-être ai-je besoin de couvertures supplémentaires? D'accord. Je me suis jouée de votre idée, de votre horrible idée... » Soudain, elle se tait. Elle ne connaît plus les mots de la mort, elle lui parlera une autre fois, le jour où les présentations seront faites.

Quelque peu rassurée, elle se rallonge par terre. L'air sent le renfermé, invite au sommeil. Elle a terriblement envie de dormir. Mais le corps conserve comme une meurtrissure l'empreinte de celui qui s'est appuyé contre elle quelques instants plus tôt. Inutile d'insister puisque la mémoire s'ouvre. Ateba se relève. Elle court vers la chambre d'Ada. Elle dénoue son pagne. Elle se plante devant la glace. Elle écarte ses cuisses. Elle ausculte l'intérieur de son sexe. Elle introduit un doigt. Pas de sang. Elle se rhabille.

Le temps s'est estompé jusqu'au soir. Elle a peut-être dormi, mangé, bu, elle ne sait pas, elle n'a pas regardé le temps couler, elle ne s'est rien dit, elle est seulement restée avec elle, sans se voir, sans s'entendre, avec quelques coups d'œil dehors, vers les autres.

20

Debout dans la salle à manger, Ateba dresse la table et regarde venir le silence de l'ombre. Elle a d'abord mis les couverts côte à côte pour raccourcir les gestes, car les gestes longs coupent les yeux. Ensuite, elle les a séparés. C'est qu'elle est folle, Ateba. Elle a la folie des yeux. Déjà, enfant, sa passion était connue, elle se cachait des regards qui la poursuivaient et poursuivait les regards qui la fuyaient. D'ailleurs, elle s'imaginait que les étoiles avaient des milliers d'yeux qui vous libéraient ou vous tuaient d'un clignement. Dans ses bagarres de rue, elle commençait par enfoncer des ongles acérés dans les yeux et jubilait en imaginant ses mains imprégnées du liquide gluant et visqueux. Elle disait : « Je vais t'arracher les yeux... Je vais t'arracher les yeux » et elle pensait : « Donne-moi tes yeux, donne-les-moi, ils ne t'appartiennent pas. » Et les autres enfants disaient : « Fuyez-la, fuyez-la, vous ne savez pas de quoi elle est capable ! »

Mais, ce soir, elle n'a pas envie de voir les yeux d'Ada plantés dans l'homme. Elle ne veut pas regarder la femme coudre sa présence autour de l'homme. Elle ne veut pas les accompagner jusqu'au sommeil, jusqu'au pied de l'oubli. Elle souffre de voir leurs têtes éloignées mais pourtant si proches ! Comment échapper à la haine ? Il faudrait pouvoir embrasser les gens sans les effleurer. Or elle sent qu'ils la touchent, qu'elle sombre dans la haine. Elle est ces milliers de femmes à qui on a arraché leurs enfants. La haine doit être... Elle est exilée. La haine se justifie... On l'a chassée de ses terres. Si elle ne hait pas, elle dérape.

Ateba file dans sa chambre et s'écroule sur son lit. Elle décide qu'elle dormira jusqu'à l'aube, d'un seul coup, sans se réveiller, sans rêver. Elle ferme ses paupières et attend que la volonté abatte le sommeil. Il est 10 heures du soir. Le QG dort, Ateba essaye de dormir, de faire comme tout le monde. Le troupeau? Il dort aussi. Ateba n'y arrive pas. A la place du sommeil se masse tout autour d'elle une obscurité angoissante. Ses chairs se resserrent au moindre bruit, son cœur sursaute. A quoi bon fuir les spectres puisqu'ils hantent le sommeil? Mieux vaut les affronter, les égorger que de se laisser égorger.

Ateba se lève, fait quelques pas dans la pièce, puis se penche à la fenêtre. Au loin, la ville baigne dans une quiétude artificielle. De temps à autre, un courant d'air, les aboiements d'un chien ou simplement une silhouette qui se découpe dans la nuit. Malgré les étoiles qui trouent le ciel, les ténèbres gagnent. Elles pèsent sur son corps, sur ses nerfs. Lentement, elle regagne son lit. Elle s'allonge et enlève sa culotte. Bientôt, dans son corps, elle surprendra l'émotion de l'homme, elle la brisera et se tiendra à distance pour ne pas attraper le germe du désordre. Les reins se mouvront d'eux-mêmes, ils oscilleront à la chaleur du désir, là dans son ventre pour qu'enfin gagne le sommeil.

Depuis longtemps, Ateba était habituée à se caresser pour s'endormir. Elle fermait les yeux, elle se caressait, elle appelait le plaisir, elle lui disait de venir, de venir avec sa chaleur dans ses reins, de la prendre jusqu'à sortir sa jouissance. Jamais encore, elle n'avait joui de l'homme, de son image ou de ses gestes, de son désir retroussé, imbu d'ingéniosité et de bêtise ou de son besoin de se fabriquer un double.

Cette nuit-là, le sommeil a rôdé et s'est tenu à distance, et la clarté du jour la trouve dressée sur son séant. Ateba se lève, elle s'habille et reprend sa vie de femme.

22

Ada est dans le jour. Elle la regarde, elle ne l'interroge pas sur sa mine défaite, les cernes autour des yeux, l'angoisse oscillante au fond des prunelles. Ada ne l'a jamais vraiment regardée, elle ne la connaît pas, elles ne se connaissent pas, elles vivent côte à côte depuis des années sans se voir, sans se connaître, elles mourront sans s'être réellement vues. Ada l'a toujours appelée « ma fille », elle a toujours apprécié sa docilité et son obéissance face aux : « Va au marché, fais la vaisselle, vide mon pot de chambre. » Jamais, elle ne lui a dit : « Je voudrais te parler de toi, je voudrais que tu me parles de moi. » Elle sait qu'Ateba est vierge, elle l'a vérifié, et quelquefois, quand la chaleur de ses propres chairs devient trop insupportable, elle lâche un : « Marie-toi et que je sois enfin libre, et après tu feras ce que tu voudras. »

Moi, Moi qui n'existais pas, je la voyais vivre au jour le jour, sans joie, sans surprise. Je la voyais tromper la mort pour mieux la prendre. Je la regardais s'embourber dans la vie sans bouger le bout de ciel ennuyeux au-dessus de son crâne. Je savais le désir d'Ateba quand elle regardait Ada, je savais son angoisse face à cet enchevêtrement de muscles et de chairs, je savais son besoin de se dépasser, d'entreprendre une danse, une danse solitaire où elle serait à la fois cavalier et cavalière, avec de grandes enjambées qui la mèneraient à l'autre bout d'elle. Au lieu de quoi, je l'ai vue ce matin-là se précipiter dans la salle de bains, soulever son pagne et pisser abondamment.

Les invités sont arrivés par petits groupes, les pieds lourds, les visages hauts, l'air important. Bien sûr les hommes se sont écroulés dans les fauteuils, sur les chaises et les bancs, occupant du coup l'ombre chétive des arbres. Refoulées à l'angle gauche de la cour, les femmes, tassées sur des caisses renversées, soupirent et gesticulent sans cesse. Sous leurs longs kabas, la musique constante des sachets en plastique où elles mettront les restes. Peu à peu, l'ambiance se transforme. Les hommes abandonnent leur mine empruntée pour parler. Ils parlent très vite. Mêmes mots. Mêmes propos. Seules diffèrent les voix. Graves. Légères. Fortes. Et toujours ce pouvoir de conférer à celui qui parle très fort une supériorité diffuse. Les femmes, accoutumées à leur inconfort, abandonnent elles aussi leurs moues boudeuses pour faire aller leurs langues. Elles évoquent des fêtes passées : mariages réussis, communions fantastiques où elles ont mangé jusqu'au sommet des gorges. Elles espèrent se les remplir une fois de plus. Bah! La vie est courte. Elles ne savent pas de quoi sera fait demain. Écrasée entre une grosse dame bien enveloppée de gras et une petite vieille creusée de rides, la tête tournée vers le ciel, Ateba est dans l'oubli. Moi je la regarde, je cerne son silence. Le ciel n'est pas vide, il y a le soleil, il y a la lune, il y a les étoiles. Le ciel est rempli. Elle veut se promener dans sa voûte pour se noyer, pour ne plus prendre l'angoisse. Au ciel, la vérité est vraie et la lumière ne porte aucun masque, ni celui de la damnation ni celui de la rédemption, rien que la sensualité du savoir, encore palpitante en chaque mémoire. Et les nuages? Ce sont des livres, des tonnes de livres où sont inscrits les crimes monstrueux que les hommes ont commis contre l'Homme. Un jour, le passé viendra et, adossée à son arbre, la femme froissera le présent en boule et le jettera dans le fleuve des abominations. Et si elle avait tort? Et si elle poursuivait des chimères? Et si le passé ne revenait pas? Et si la femme continuait de vivre dans un monde déchu?

La voix rauque de la grosse assise à côté d'elle la sort de ses réflexions.

« Tu sais pourquoi Etoundi nous a invités?

– Non, Mâ... Mais...

– Il circoncit son fils », interrompt la vieille. Voix basse. Rictus sceptique : « Je me demande s'il y aura du vin.

– Bof! dit la grosse, méprisante. Je me suis préparée à rentrer chez moi le ventre vide. Etoundi est comme les autres. Tout dans la tête, rien dans les mains.

– L'égoïsme, c'est la mode maintenant! Les jeunes ne savent plus donner. Ce sont les Blancs qui leur collent ça dans la tête.

– Oh non! C'est pas la faute aux Blancs! Ce sont nos jeunes qui veulent leur ressembler.

– Vous ne pensez pas qu'ils ont raison après tout? intervient, goguenarde, une maigrichonne qui avait suivi la conversation depuis le début. La famille, la famille, la famille, toujours la famille! Il serait peut-être temps qu'ils songent un peu à leur propre avenir.

— Et qui seraient-ils sans la famille? interroge la grosse, railleuse.

— On ne fait pas les enfants pour soi, s'emporte la maigrichonne. Si seulement chaque parent pouvait s'enfoncer ça dans la tête, bien des misères nous seraient épargnées.

— Parlons d'autre chose, tranche la vieille. Le vent a des oreilles.

— Voilà Etoundi qui arrive. »

Un homme, petit et bien tassé sur son gras, se fraye un chemin dans la foule. Les bouches se cousent. Les chaises se resserrent. Les femmes baissent la tête dans une attitude respectueuse. L'une s'empresse, installe une chaise au milieu de la cour. Une autre lui tend un verre de hâa qu'il ne daigne pas goûter. Une troisième éponge son front dégoulinant de sueur. Enfin, il parle :

« Le clan Evila!

— Une seule et même voix, braille la foule en un répons traditionnel.

— Chers frères, chères sœurs, mettez vos cœurs dans vos mains afin que les cieux favorisent l'entrée de notre fils Soto dans le monde des adultes.

— Owéée! »

Il sourit, lève la main en un geste théâtral. Puis : « Des difficultés m'ont contraint à demander à Ada d'organiser cette réunion chez elle. Elle a accepté sans hésitation. Vive le temps du village!

— Owéée! »

Ateba écoute ou n'écoute pas. Parfois, aux environs de cette heure-là, au moment des réunions familiales, elle découvre que le malheur vient. Il survient toujours dans son corps et lui donne des frissons, elle a froid, pourtant elle a chaud, elle étouffe. Elle s'ennuie. Moi aussi, je m'ennuie, je m'approche d'elle. J'étire timidement ses lèvres, elle sourit, je soupire, elle écoute ou feint d'écouter, je m'envole pour l'espace, elle oublie la route du ciel et regarde la terre. Ateba est différente de la terre, elle a perdu ses illusions sur la terre et éprouve des difficultés à la reconnaître, à se reconnaître. Il y a trop d'ombre dans la lumière. De tant s'écarquiller, les yeux souffrent... « Comment peuvent-ils hurler des "Owéée!" alors qu'ils sont là non pour se mettre au diapason des autres, mais pour s'empiffrer? Comment peuvent-ils oublier à ce point toute dignité? Peut-être attendent-ils de voir leurs gosses traîner entre fange et joint, recherchant en vain leurs éclats mutilés, avant de réagir? » Ateba se souvient d'une vieille dame rieuse qui l'adorait. Elle la prenait sur ses genoux et la faisait sauter. Elle lui chantait les plus belles chansons, elle lui racontait les meilleures histoires, souvent elle la gardait dans son lit pour le plaisir de coucher ses odeurs. Certains soirs, avec la lune en veilleuse, elle rassemblait autour d'elle les enfants du quartier. Elle parlait, parlait jusqu'à imprimer dans les mémoires le geste, la famille. Parfois, elle clamait son inquiétude sur leurs demains puisqu'elle-même n'arrivait plus à trouver son présent.

Grand-Maman. Sa voix évoquait pour Ateba un monde mystérieux, un monde qui renfermait le véritable sens de la vie comme le secret de la mort. Ateba disait : « Parle, Mâ, parle-moi encore. » Et durant des heures, Grand-Maman racontait : elle racontait les étoiles, la pluie, le vent, Ateba ne comprenait plus, elle racontait encore, Ateba atteignait ses limites, les dépassait, les transcendait et, enfin, brisée de sommeil, elle laissait sa tête couler sur ses seins qui sentaient le hareng séché, et fermait les yeux, tandis qu'au loin l'aube courait vers ses racines enflammées.

Grand-Maman. On raconte qu'elle avait eu un mari malingre et falot qui mourut avant ses soixante ans. Elle le soignait, elle le nourrissait, elle le méprisait. Toujours, elle disait à qui voulait bien l'entendre que les notions du réel et de l'irréel, du Bien et du Mal, toutes les distinctions qui régissaient l'ordre de l'Univers étaient si totalement embrouillées dans sa tête qu'elles occultaient toutes les qualités dont la nature l'avait dotée et dévoilaient sans pudeur tous ses défauts. Il lui avait donné neuf enfants qui moururent pour la plupart à l'âge tendre, mangés par les sorciers, le mauvais œil. « La tendre chair fraîche, la tendre chair fraîche ! » hurlait Grand-Maman, amère. Seules Ada et Betty échappèrent au massacre. Ada épousa Samba, un vendeur de vin de palme qui en buvait plus qu'il n'en vendait. Il fut retrouvé un jour dans un caniveau et rendu à la poussière sans torrent de souffrance. Ada le remplaça par d'autres hommes, des centaines d'hommes qui laissèrent son ventre nu d'enfanter le jour. Betty, la petite dernière, lueur d'espoir et de vie, devint naturellement la poupée de Grand-Maman et d'Ada. Elles l'adulèrent, la choyèrent et la protégèrent de tous les maux, même des mots de l'amour.

« Ada voudrait que tu avertisses le locataire qu'un monsieur désire le voir », lui chuchote sa grosse voisine. Lentement, Ateba se lève et se dirige d'un pas traînant vers la maison, sous l'œil admiratif des hommes qui, les sens tendus, écoutent ou feignent d'écouter Etoundi. Et il plastronne, le verbe haut et la cervelle chauve, il se pâme dans son discours aussi pareillement vide et ennuyeux que tous ceux qui donnent l'oreille pour ne rien prendre. Certaines femmes ont installé des feuilles de bananier dans un coin et, la bouche aiguisée, l'œil étincelant, chuchotent leurs pronostics sur le comportement de l'initié. Parler à Jean, Ateba en a tellement envie! Ils ne se sont pas parlé depuis la scène de la chambre lumière. Manque de temps? Timidité? Elle ne saurait le dire. Toujours est-il que, chaque fois qu'ils se sont croisés, les sons l'ont désertée, les mots sont restés collés à ses lèvres. Et, à chaque fois, des regrets tenaces comme les appréhensions d'une femme enceinte.

Une angoisse subite la paralyse lorsqu'elle pénètre dans la maison. Elle a l'impression d'être plongée brusquement dans une galerie aux ramifications inconnues. Les mânes des ancêtres surgissent. Leurs plaintes illuminent la maison et la transforment en un gigantesque brasier. Ateba hurle, sa voix s'enfuit, les cris refluent pêle-mêle dans son corps, elle ne peut plus les ordonner, elle ne veut plus les ordonner. Moi, je me penche vers elle, j'éponge son front, je lui dis d'ouvrir les yeux, de regarder comment une foule joyeuse se compose d'hommes tristes puisque, dehors, la fête commence. Elle refuse. J'ordonne. Elle ouvre les yeux, je regarde leur expression têtue. Je hoche la tête, vaincue. Ils ne verront que lorsque la mascarade s'étiolera sous la voûte sombre des tonnelles.

Chancelante, Ateba se relève. Elle cherche appui sur le mur et s'essuie le front. Depuis que Betty l'a quittée, elle a ce type de malaise. Ce ne sont pas seulement les caprices d'une enfant abandonnée. C'est quelque chose d'autre, une angoisse qui la meurtrit, la ronge, la creuse avant de la brûler toute.

A chaque changement dans sa vie, l'angoisse la pénètre et grossit d'heure en heure. Elle n'est plus la même, elle n'est plus tout à fait la même. Certes, elle obéit comme toujours et, comme toujours, elle lave, elle cuisine, elle masse. Mais, en son dedans, naissent d'autres discours qu'elle s'acharne à garder par peur d'Ada, des autres et surtout d'elle-même : puisqu'elle ne connaît plus, puisqu'elle ne voit plus, puisqu'elle est au bord du gouffre, puisque la folie l'appelle... Elle construit des barrages pour l'endiguer. Des barrages avec des repères connus, pour que la raison ne la fuie plus, pour qu'elle ne prenne plus la folie. Elle lutte et pourtant elle sait qu'un jour viendra une marée plus forte qui l'emportera. Et Jean dans tout cela? Bah! Elle y pensera une autre fois. Les jambes flageolantes, Ateba quitte son point d'appui et se dirige vers la chambre lumière. Au loin, les bruits de la fête lui parviennent, confus, un mélange de mots et de rires étouffés. Ateba s'arrête, hésite un moment puis ouvre brusquement la porte. Un cri. Pétrifiée, Ateba demeure la main sur le loquet. Jean tourne la tête vers elle, il ouvre la bouche et la referme aussitôt; la jeune fille écartelée au bord du lit garde ses mains nouées autour du cou de son amant. Je les vois se figer. Je regarde la haine et la honte se cristalliser et obscurcir les yeux, je vois leurs griffes plonger dans les chairs et les déchiqueter. Tout au fond de moi, je jubile... La haine se justifie... J'allais bientôt la retrouver.

Le temps écoulé? Une minute? Cinq minutes? Le temps pour Ateba n'existe plus. Il n'y a plus de fête. Il n'y a plus rien. Puisque la femme écartelée est elle, elle doit s'écarter, courir ailleurs, castrer la douleur. Elle sort, claque la porte, traverse le couloir, le cœur battant, les nerfs broyés. Émerge, comme dans un univers lointain, l'idée de deux

30

corps qui se sont longuement frottés avant de
s'immobiliser. Elle va dans la salle de bains, elle
trempe sa tête dans une bassine d'eau, elle s'essuie,
elle se regarde longuement dans la glace. Elle
crache. La femme de la glace a le visage aigri de
l'épouse bafouée.

Dehors, l'air vibre. Les fesses tressautent. Cœurs
emballés, les visages bouillonnent. Un cercle se
forme, les sueurs se mêlent. Quatre bras maintien-
nent l'initié sur la feuille de bananier. Les jambes
sont maigres, le ventre ballonné. « Rachitique »,
diraient les médecins. Ses yeux, ivres de peur,
virevoltent en tous sens. Il implore.

« Lâchez-moi! Lâchez-moi! Maman, aide-moi!
Aide-moi, maman! Je ne veux pas! Je ne veux
pas! »

Je le regarde se tortiller, se débattre. Je me dis
qu'il a le temps, puisque personne ne l'entend,
puisque personne ne veut l'entendre. Certes il crie,
gesticule, mord, mais il ne pourra pas s'évader, il ne
pourra plus s'en aller, il fera désormais partie de la
corporation et, comme les autres, il transmettra la
souffrance. Un berger ne marque-t-il pas ses brebis
au fer rouge pour les reconnaître?

« Tu ferais mieux de rester tranquille, lui dit un
avorton sans âge dressé sur pattes courtes. Bientôt
tu seras un homme... Un vrai. » Je me retiens
d'éclater de rire devant cette remarque. D'ailleurs
peu importe puisque je n'existe pas, puisque personne ne me voit. J'entame la chanson de l'homme
qui veut que sa valeur se reconnaisse à la longueur
de son sexe et sa qualité à l'absence de prépuce. Je
chante et dans mon for intérieur j'imagine un
paysage fait de prépuces encore palpitants, épinglés

artistement sur un tableau de liège comme des papillons. Je chante à tue-tête. Personne ne m'entend. Je ne dérange pas. Qui suis-je après tout? La chanson. Je chante et j'évoque le souvenir des femmes écartelées par cette longue préparation. Je suis fière de moi, je m'écoute chanter... Je suis convaincue que je suis dans la vérité. Je chante pour la simple raison que nul ne comprend un mot de ma langue.

L'arrivée du circonciseur fait monter les rumeurs. Les rangs se fendent pour le laisser passer et se referment aussitôt. Pas question de rater l'ouverture du plus fascinant spectacle de la terre. Un homme tend un couteau au circonciseur. Un second clame son droit d'enterrer le prépuce à titre de cousin germain. Un troisième lui demande de réciter une oraison afin de faciliter l'entrée de Soto dans le clan des adultes. Dans la foule vampire, l'attente, l'angoisse, l'excitation. Ceux dont les yeux se heurtent contre la chair des dos vivent des bruits. Frottement des corps. Battements des cœurs. Cris. Une jeune femme dit par intervalles :

« Mon Dieu! Mon Dieu! Je ne vois rien! Je ne vois rien! Poussez-vous! »

Une autre, véritable autruche à périscope, ouvre les yeux par intermittence et demande sans cesse à sa voisine : « Ça y est? Hein, dis? Ça y est? »

Un murmure parcourt la foule. Le circonciseur vient de retrousser ses manches et de contrôler le fil de sa lame. Puis c'est le silence. Maintenant, seuls se perçoivent les battements des cœurs et les bourdonnements d'une délégation de grosses mouches vertes au-dessus des gâteaux de pistaches et d'arachides. Le couteau s'abaisse, le prépuce vole, un flot de sang jaillit. Un hurlement, suivi des applaudissements de la foule. Le circonciseur se relève. D'un geste las, il s'essuie le front, promène un regard distrait sur la foule, sourit. Les applaudissements redoublent. Le spectacle est terminé. La foule se retire, repue.

Ateba a assisté à la circoncision sans qu'un frisson de dégoût vienne perturber le plaisir trouble qu'elle a ressenti à voir le sang jaillir du membre mutilé. Et, en voyant ses yeux hypnotisés par le sang, Moi, je ne peux m'empêcher de penser que, si elle peut le regarder ainsi, sans frisson, sans peur, sans dégoût, c'est parce que le sang ne peut plus la regarder. L'homme, dans sa cruauté aveugle, a crevé les yeux du sang, et, traqué par lui, le sang a fini par déserter son Royaume... Le règne du sang s'achève. Le sang à ses yeux n'est plus qu'illusion, un sang artificiel créé par l'homme pour remplacer l'originel. Puisque la flamme du sang n'est plus, tout ce qui sous terre vibre va se ratatiner, s'écraser. Il n'y aura plus que le Rien. Et elle? Elle est le rien qui fait le tout. J'aime cette phrase. Elle ressemble à toutes ces petites choses de la vie dont Ateba raffole mais dont elle ignore la source et qui n'ont de sens que pour son esprit paumé. Je la lui souffle à l'esprit. Elle sourit. Elle pense que, bientôt, il ne restera plus de femmes, et, à force d'être ce rien qui est tout, elles finiront par se diluer au-delà du rien. Et après? Elle ne sait plus, elle ne veut plus le savoir, elle ne doit plus le savoir.

Au lycée, Ateba avait toujours eu la réputation d'être une championne en raisonnement absurde. Elle triomphait de ses adversaires en les entraînant dans des discussions pseudo-philosophiques qui se terminaient par des engueulades et un « Vous ne comprendrez jamais rien » qu'elle lâchait d'un air dépité. Elle allait ensuite se réfugier dans un coin, laissant passer son dépit et leurs colères, puis elle revenait se faire pardonner tout en restant convaincue qu'elle avait raison et que seules sa patience et sa ténacité permettraient de traverser les brumes du temps et le brouillard du progrès. Aujourd'hui, deux ans après avoir quitté le lycée, elle ne communique plus à personne ses trouvailles. Elle se contente de se les réciter ou de les écrire sur des bouts de papier qu'elle s'empresse de transformer en bateau et de lancer sur le ruisseau du QG, voie sûre, selon elle, pour conduire ses idées dans le monde.

Ces temps derniers, elle a multiplié ses messages. Elle a écrit aux Jeanne, aux Pauline, aux Carole, aux Nicole, aux Molé, aux Kambiwa, aux Akkono, aux Chantal... A toutes les femmes qui peuplent son imaginaire et lui volent ses nuits. Elle leur a écrit avec les mêmes mots, les mêmes phrases, longuement. Et, toujours, elle leur a dit que le monde n'est plus, que la vie n'est plus, seul règne le Rien. Pas une fois, elle n'a écrit à un homme, cette idée même n'a jamais effleuré son esprit...

Jean s'est approché d'elle discrètement. Il lui a demandé d'une voix basse mais qui n'admet aucune réplique de le suivre. Elle a obéi en s'assurant que personne ne la voyait, que tous les yeux étaient pris ailleurs. Ils sont entrés dans sa chambre et il a tourné la clef. Debout devant elle dans son pantalon fripé sur le ventre et le sexe, les mains croisées sur la poitrine velue que révèle une chemise déboutonnée, il semble attendre une explication qui ne vient pas. En le voyant dans cette attitude de juge suprême, elle ne peut s'empêcher de penser à l'homme qui, quelques minutes plus tôt, prenait sa jouissance

34

dans le ventre d'une maîtresse à p'tit cadeau. Et le voilà! Dieu fantasque! superbe dans ses vêtements débraillés, qui la toise du haut de son mètre quatre-vingts. Et, en le regardant, elle comprend mieux pourquoi ces corps d'hommes ont réussi à mettre l'humanité à leurs pieds. Ils sont de ceux qui détruisent, saccagent, mutilent mais réussissent à se blanchir les mains en un clin d'œil. Elle lit dans ses yeux le désir de la soumettre un jour ou l'autre pour le seul plaisir de l'humilier.

Jean se racle la gorge.

« Qu'es-tu venue faire dans ma chambre?

— J'avais un message pour toi. J'étais venue te le transmettre.

— " J'avais un message pour toi et j'étais venue te le transmettre ", singe-t-il. Tu ne crois quand même pas que je vais gober ça! Tu me prends pour qui, hein?

— Mais...

— Mais quoi? interrompt-il. Tu es venue m'espionner, voilà la vérité!

— Mais pourquoi ferais-je une chose pareille?

— Pour ça! dit-il en saisissant son sexe à pleine main et en lui lançant un regard chargé de mépris.

— Tu es devenu complètement fou!

— Non, chérie, ricane-t-il. Tu m'as volé mon plaisir. Je te demande de me le rendre. Honnête, non? »

De force, il la prend dans ses bras et se met à onduler du bassin.

« Tu verras, mon amour. Tu aimeras. Toutes mes femmes ont aimé.

— Lâche-moi ou je crie, siffle-t-elle.

— Fais pas de manières, mon amour. Tu sais très bien que tu ne le feras pas. Ta parole contre la mienne. »

Tout en la caressant, il tente de brutaliser ses lèvres serrées. Un profond dégoût la submerge et elle a un tel sursaut qu'il la lâche. Elle bondit vers la porte. Elle tourne le loquet quand il l'agrippe par les cheveux. Il l'oblige à se baisser, à s'accroupir. La tête dans les odeurs de l'homme, la bouche contre son sexe, elle se dit qu'il est devenu complètement fou, qu'elle est devenue complètement folle, puisqu'elle est responsable de ce qui lui arrive. Ces dernières nuits, sa pensée l'a désertée pour l'homme : il fallait payer le geste de la faute... A genoux, le visage levé vers le ciel... la position de la femme fautive depuis la nuit des temps... assise. Accroupie. A genoux... Ainsi le veulent la lune, le soleil, les étoiles... A moins... A moins de remonter la mer. Mais la mer n'est plus. L'homme l'a emprisonnée dans sa mémoire, il n'y a plus de mer, la mer est devenue un mythe... Et si elle arrêtait le cours de l'histoire en arrachant son sexe d'un coup de dents ? Et si de la pointe acérée de ses ongles, elle lui labourait le bas-ventre ? Avec les poils, elle ferait un ragoût, un ragoût noir et doux comme l'ombre qui apaise ses sens après les agressions de la lumière. Mais Ateba Léocadie ne fait rien, ne dit rien, elle n'a plus que ses larmes qu'elle tente de retenir et qui, comme d'habitude, forment un écran derrière lequel elle contemple son impuissance.

Une vérité venait de s'imposer à elle, certes floue, mais une vérité quand même : dans l'état actuel de l'histoire, quoi qu'elle fasse, quoi qu'elle dise, elle aura toujours tort. L'homme c'est lui.

Derrière la porte, un bruit. Jean la lâche subitement. Elle se lève, elle ouvre la porte et sort en courant. Ce n'était que le chat.

Ateba ne se rappelle plus. Une semaine a passé, peut-être deux, elle ne se souvient plus, elle les a regardées passer sans trop se poser de questions, sans rien donner, sans rien attendre non plus. Elle vivait sa vie. Elle avait écrit aux femmes, lu un livre et, obsédée par Dieu, elle l'avait interrogé. D'où venait-il? Qui était-il? Était-il marié? Heureux? Créer pour exister au plus profond de l'être! Était-il fou? La vie ne serait-elle qu'un tableau peint par un fou pour fuir la folie qui l'assaille? Il y a trop de désordre dans son art. Souffrait-il? Avait-il le vertige d'où il était? Les hauteurs donnent le vertige. Avait-il la nausée? Les femmes souffrent de nausées pendant leurs grossesses. Néanmoins, Ateba était sereine. Dieu répondrait. Ce serait de nuit qu'il répondrait, elle en était sûre. Puisqu'elle ne l'interrogeait que de nuit et qu'il avait sans doute honte d'affronter ces sales crasses accumulées sur terre.

Chaque soir, allongée dans son lit, quand sonne l'heure où la femme accueille l'homme, le berce et le transporte jusqu'au seuil du sommeil, jusqu'aux portes de l'oubli, elle l'attend comme l'aube qui viendra ensemencer et décanter le sens réel du sacré. Dieu n'est pas venu. Elle décide que

Dieu est vieux et probablement sourd. Si Dieu ne peut entendre, il ne reste que le geste ou l'écrit. Elle décide d'écrire. Elle lui écrit comme à ces amants à qui l'on hésite à déclarer sa flamme, avec des mots aux sens incertains et doubles. Toute une nuit, elle écrit. Les feuilles s'accumulent, montent, Ateba suit le mouvement, elle grimpe, elle atteint des sommets absous de misères, d'injustices, de vieillesse et de mort. Le lendemain matin, elle a plusieurs dizaines de pages. Elle les relit. Elle les trouve bêtes. Elle pleure. Dieu a certainement raté sa vie pour avoir créé de telles imbécillités. Et elle souffre, Ateba. Elle souffre pour Dieu qui souffre d'avoir raté son œuvre. Elle essuie ses larmes. Elle brûle la lettre, page par page, mot par mot. Elle prend une feuille blanche, elle la transforme en bateau et l'envoie à Dieu.

Ce matin-là, il fait chaud. Les égouts empestent. Les enfants sont encore au lit. Seules quelques rares marchandes ont traversé le pont. Une ambiance de fatigue générale règne. Ada, affalée sur son siège dans l'angle droit du salon, savoure son café. Ateba assise en face d'elle se cure les dents. Lucky le chien de la maison somnole sous la table. De temps à autre, il relève le museau, pousse un long soupir avant de se recoucher. C'est dans ce climat de lassitude que, d'abord lointains, les cris ont retenti puis se sont rapprochés.

« Ekassi est morte! Ekassi la maîtresse de M. Combi est morte. »

La nouvelle envahit aussitôt le QG dans un tumulte orageux et le sort de sa léthargie. Les radios-trottoir se connectent immédiatement. Ateba lâche son cure-dent et sort.

« Ekassi est morte. C'est M. Combi en personne qui l'a trouvée. Froide. La mort a frappé dans la nuit. »

Dans le brouhaha des informations, Ateba patauge. Elle branche toutes les stations. La station « Cancan » l'informe qu'Ekassi a été tuée par Mme Combi, la station « Ragotar » confirme la nouvelle. « Mme Combi a vendu sa rivale aux sorciers du Famla. Elle est tellement douée que même les médecins s'y sont trompés. Ces charlatans disent qu'il s'agit d'un arrêt cardiaque! Ils font chier le monde, ces connards, avec leurs inepties. Un cœur ne s'arrête pas, il faut l'arrêter. » La station « Médicalot » se surpasse. Elle a fait une approche biologique du problème. Conclusion des différentes études menées dans ses divers laboratoires : « Mme Combi est une professionnelle du meurtre. Dans son sang des GBT en quantité prouvent que chez elle le meurtre est pathologique. En outre, c'est un fait prouvé, cette malade garde dans son pot de chambre un serpent boa, avalant œufs de poule et fœtus humains. Petit dérangement hormonal, diraient les Blancs, ces ignares. Il convient d'agir au plus tôt, vu les risques que courent les femmes de son entourage qui, on le sait déjà, sont pour la plupart stériles. Ada est de celles-là. »

Ateba a continué à arpenter les rues, à avancer lentement dans les odeurs de la mort boucanée, de l'herbe du Diable fraîchement cueillie, jusqu'à se retrouver devant la maison mortuaire.

Ekassi est allongée sur un grand lit. Morte. Les cierges autour d'elle le disent assez. Un crucifix de plastique ouvre ses bras sur sa poitrine. La petite tête noire comme un gros caillou se détache nettement du linceul. Les lèvres se sont colorées de gris bleuté. Autour d'elle, des mouches volettent, nombreuses et grasses... Il faudra l'enterrer au plus tôt. Au pied du lit, des pleureuses. Elles se roulent par terre, déchirent leurs vêtements, hurlent à la mort. Sous la véranda, les hommes, plus dignes dans leur chagrin, parlent à voix basse en tiraillant leur barbe et leur moustache. Des vieillards, mines renfrognées, mâchent des noix de cola en se remémorant d'autres efforts, d'autres peines, d'autres larmes qu'il leur a fallu supporter avant que leur corps ne commence à dépérir.

Ateba s'appuie à un arbre et respire profondément. Toujours, elle a essayé de ne pas pleurer en public, toujours elle a trouvé qu'exhiber son chagrin était obscène, exactement comme ces femmes obèses qui, se croyant désirables, chaloupent de la croupe dans des robes moulantes. Une vieille s'approche d'elle. Visage délabré. Des mèches grises s'échappent de son foulard. Elle la regarde du coin de l'œil puis de haut en bas. Des rides méfiantes plissent les coins de ses lèvres.

« Tu ne pleures pas? »

Ateba baisse la tête. Elle passe et repasse sa langue sur ses lèvres. Si elle répondait, elle dirait : « Femme, quelle valeur ont les larmes de nos jours? Ce ne sont que des déjections. »

Elle n'a rien dit. La vieille, déçue, s'est éloignée en clopinant et en maudissant la jeunesse égoïste et insensible.

Les yeux tristes, le regard lointain, Ateba suit la silhouette agonisante jusqu'à ce qu'elle disparaisse. Comme moi, elle sait que la vieille, l'ordure à la bouche, déambulera de fenêtre en fenêtre remuer les sous-sols fangeux de l'éducation. De bouche à oreille et d'oreille à bouche, les mots défileront sur la plaine stérile des balivernes : « Quelle génération! Mon Dieu, quelle génération! De mon temps on naissait les larmes aux yeux et le sourire aux lèvres ! » Ateba n'a jamais su quand pleurer et quand rire.

Lorsque Ateba rentre à la maison, il n'est pas bien tôt. La masse angoissante d'Ada l'attend, affalée dans son fauteuil, avec l'ombre de la nuit dans le dos. Dès qu'elle la voit, presto elle se lève et se plante devant elle. Moi je sais ce qui l'attend, je me retire dans ma chair, j'ai trop peur du bruit, je me cache derrière les rideaux. J'entends mon cœur battre, pourtant je n'ai pas de cœur. Dieu, quel monde ! Il est maintenant donné aux esprits d'avoir peur comme de simples mortels ! Pour sûr que ma mort, je l'avais créée, j'avais pris le parti de convoquer mes incertitudes, de les interroger. Qui suis-je ? Où vais-je ? Où irai-je ? Dieu ! L'incertitude est infinie jusque dans ses certitudes. La menace me rebute et pourtant je le savais bien avant d'entreprendre cette aventure : depuis que Betty l'a quittée, Ateba fonctionne à coups de trique. La trique le matin. La trique à midi. La trique le soir. Tout est sujet à trique. Seule sa capacité à faire le vide, à se servir de tout pour faire obstacle et endiguer le chagrin lui a permis de survivre. Je me bouche les oreilles. Je me rassure en me disant qu'en cet instant précis les témoins sont indésirables.

« D'où tu viens ? Tu as vu l'heure ?

– Oui, Mâ. Mais...

– Mais quoi ? »

Les mains sur les hanches, Ada gueule. Dehors, les manguiers ondulent. Ils annoncent la pluie. Ateba baisse la tête. Il lui appartient en tant qu'enfant d'attendre que la bouche d'égout se tarisse soudain, à court de débit. Alors seulement, d'une petite voix, les yeux fuyants, elle donnera des explications quant à son emploi du temps.

Ateba a attendu qu'Ada se calme. Ensuite elle lui a dit d'une voix cassée qu'elle est allée au deuil d'Ekassi. Elle a vu son visage s'écrabouiller de plaisir. Ada a reculé à tâtons, son cul a rencontré son fauteuil. Elle a troussé son kaba haut sur les cuisses. En dessous, elle transpire.

« Comment va la morte ? a-t-elle interrogé de but en blanc.

– Bien, Mâ.

– Il faut l'enterrer dès demain. L'air est à l'orage. Et avec le soleil qui donne elle va sentir en un rien de temps. »

Elle soupire et se rencogne dans son fauteuil. Elle renverse la tête en arrière. Ses yeux suivent un point imaginaire sur le toit. Tout à l'heure, elle ira à la veillée funèbre. Comme d'habitude, elle pleurera. Entre deux hoquets, elle parlera de la morte. Elle louera sa gentillesse, sa réserve et sa beauté. Et toutes les commères jacasseront, pleureront et se lamenteront. La petite chipeuse d'hommes, haïe des fesses coutumières, deviendra célèbre et adulée entre deux bougies anémiques. On en parlera pendant sept jours et sept nuits. Puis, on l'oubliera. J'oubliais de préciser : le QG oublie tout. Même de nettoyer sa merde.

Ada est partie, la nuit a englouti le QG. Ateba se tourne et se retourne. Dehors, la nuit grouille. Le lit grouille aussi. Elle a beau fermer les yeux, la peur ne désarme pas. Pour ne pas avoir peur cette nuit, il aurait fallu qu'elle aille dans les bras d'Ada, renifler ses aisselles, épouser son ventre, palper ses chairs. Il aurait fallu qu'elle sorte dans la rue séduire la pluie et le vent, alors seulement, elle aurait pris la paix.

« N'oublie pas de ranger tout ce qui traîne », lui a dit Ada en partant, après lui avoir bassiné les oreilles sur cette nuit incohérente, faite de vies truquées, de phrases isolées, de hurlements, de grouillements. Elle ne lui a rien demandé sur sa vie, ses angoisses, ses désirs. Par contre, elle l'a bassinée avec la peur de la mort. Elle a maudit les jeunes qui ne savent plus rien faire de nos jours. Elle a écarté ses jambes en ordonnant à Ateba de dresser la table. Elle a mangé, craché sans vergogne les arêtes de poisson. Ateba restait debout, au cas où elle aurait réclamé du sel, du poivre ou du vin. Elle a demandé de l'eau. Elle s'est rincé les doigts au-dessus de l'assiette jonchée de feuilles de myondo. Elle s'est curé les dents puis elle est partie en lui rappelant que cette nuit il ne fait pas bon se trouver dehors, car les dieux vont laisser choir peines, maladies et folies.

Je regarde Ateba se torturer dans son lit. Son esprit la gêne, son esprit de femme au commencement, son esprit qui veut cesser de puiser, dans les dépôts originels, les connaissances archaïques qui conduisent à la mort et réincarnent la vie. Je regarde son esprit égaré, saigné à blanc par l'entaille des sous-entendus et des masques... Je me dis qu'il était peut-être temps de me coucher autour de ma pierre et d'attendre... Je disparus. Plus tard, j'allais apprendre que le processus était enclenché et que ni ma présence ni mon absence ne pouvaient modifier son cours.

Le lendemain matin, le jour se lève sur un paysage bourbeux. Toute la nuit, des trombes d'eau sont tombées et la terre, gavée, dégorge son trop-plein en une vomissure de boue. Partout, elle s'insinue, gluante, accentuant la lenteur des qugétistes. On avance dans le rire du pied qui glisse ou s'embourbe. On s'interpelle, histoire de s'assurer que tout est collectif, même la fange.

Debout dans l'embrasure de la porte, Ateba lorgne Mme Combi. De l'autre côté de la rue, celle-ci, seau et serpillière en main, s'essouffle à chasser la boue de sa véranda. Elle lève à peine les yeux lorsque Ateba apostrophe Jean : il n'a pas enlevé ses chaussures crottées avant de pénétrer dans la maison. A chacun de ses mouvements, ses seins effondrés volettent de gauche à droite. De temps à autre, elle arrête de travailler pour traquer la fange sous ses pieds.

Avant qu'elle ne soit tout à fait réveillée, Ateba avait déjà eu la sensation de ce qui arrive. Elle l'avait vu venir et accaparer tous les lieux et les endroits de sa vie. L'aube levait-elle son voile gris ou est-ce son regard qui arrachait son masque au temps ? Avait-il plu ou ne serait-ce que ses larmes qui crépitaient sur le toit? Pleurait-on ou était-ce son obscurité qui la barricadait dans son cachot? Elle avait violemment mal à la tête, ou aux yeux, ou aux pieds, elle ne savait plus. La douleur qui en général émergeait d'un lieu précis, jaillissait et scintillait, pêle-mêle dans son crâne... L'ordre n'était plus, elle ne voyait plus clair. Mme Combi avec ses yeux de femme fuyant ses yeux d'enfant. Les qugétistes quand ils passent, donnent des yeux à Combi pour se la fixer et déversent sur elle leur soufre amer. Le jour ne finira plus, la nuit ne finira plus, la femme, décharnée comme un arbre en hiver, est cuirassée contre les blessures des mots mais non contre celles de la conscience. Elle est découverte, les nuits seront désormais ses tourments, puisque leur luminosité ne masque plus rien, puisque la mémoire ne permettra plus à ses jours d'être meilleurs que ses nuits. Dans la pénombre, toutes les peines entreront par son regard ouvert. Elle criera au secours, personne ne répondra. Personne ne répond plus. Même pas le Ciel.

Est-ce ainsi que Dieu avait imaginé sa création? Tant de pas sur le chemin pour encore plus d'erreurs, d'échecs, de méchancetés accumulées dans les caves boueuses de l'histoire... Tu tueras au nom de Dieu... Tu tueras au nom de l'Homme... Tu tueras au nom de la Patrie... Et avant le Verbe, à qui le pouvoir de destruction? Autour de cette question, le temps s'est cristallisé et a tout immobilisé avant de bondir sur lui-même et d'ouvrir les portes du désespoir. Il n'y a rien à prendre, rien à comprendre, il n'y a que le vide étale dans sa splendeur meurtrière. Elle peut regarder le vide accroché aux méandres du désespoir, ou prendre le désespoir et sombrer dans le gouffre du Rien. Chose étrange, Ateba s'est mise à trembler, à déri-

ver... Pour la première fois de sa vie elle n'a pas dit
à Combi : « Bonjour, Mâ. »

L'esprit au bord du rêve, Ateba retourne d'un pas
lent dans sa chambre. Elle ouvre un tiroir, elle sort
une feuille et un crayon. Accoudée à sa table, la tête
entre les mains, l'expression figée, les yeux paraly-
sés, elle laisse partir les bruits. Le salon. La maison.
Le QG. Elle est calme, aussi calme qu'il est nécessaire pour échafauder l'architecture de la pensée.
Ensuite, elle écrit aux femmes. Elle les prend à
témoin. Elle dit que le mot a fini d'être puisque le
passé n'est plus. Qu'avaient-elles fait de la notion de
famille indestructible? La femme ne devait-elle pas
comme Dieu défendre sa création contre pluies et
vents? Que dirait le Ciel s'il voyait l'homme con-
damner la mort alors que Dieu la donne comme une
délivrance? Qu'attend donc l'homme de la femme?
Bouge pas et baise. Quand elle ne bouge pas, il lui
reproche sa passivité. Quand elle bouge, il lui reproche sa témérité. Serait-ce par crainte que la femme
ne pousse dans le monde et ne lui fasse concur-
rence? Elle ajoute : « Je continuerai ma quête jusqu'à rencontrer l'obstacle de vos mains couchées
sur mon cœur. J'invoquerai la pitié pour mes morts
présentes et à venir... Mon corps ne saura plus... Ma
bouche ne saura plus... Je me tournerai vers vous
pour retrouver la flamme du savoir... » Et elle a
achevé les lettres, chaque lettre par « si vous saviez
combien j'ai peur de ne plus savoir! ».

Elle est restée cloîtrée dans sa chambre, s'étirant et glissant sans cesse dans le délire, lorsque
les pas d'Ada résonnent dans le salon et la sortent

de ses torpeurs. Elle range rapidement ses lettres et quitte sa chambre. Quand elle pénètre au salon, Ada occupe déjà sa place favorite à l'angle droit de la pièce et tape du doigt sur la table en signe d'impatience. Elle ne lui dit pas bonjour. Entre elles, ces mots sont morts et enterrés depuis longtemps. Seuls subsistent les mots d'ordre : Fais. Prends. Donne. Ateba s'empresse, cogne un coin de table, furète dans l'armoire et revient avec la boîte de café qu'elle tient comme un bébé. Elle lui sert son petit déjeuner et se dépense en prévenances et en amabilités. Et maintenant, assise en face d'Ada, elle la regarde siroter son café malgré son désir d'être ailleurs. Ateba déteste les psst du café entre les lèvres, les cheveux défaits, les yeux bouffis du sommeil. Ils lui rappellent toutes ces femmes qui, comme Betty, vendent leur corps pour la nuit.

Ada s'essuie la bouche. Elle tire de ses seins une petite blague à tabac. Elle prise une fine mouture qu'elle enfouit dans ses narines. Elle tousse, elle éternue et, réjouie, elle prononce les premiers mots de la journée : « Aïe! Seigneur! » La sonorité de ces mots ressemble à cette lumière qui s'étiole lorsqu'un peuple a perdu la connaissance.

Ateba a dit : « Mâ, puis-je aller me baigner? » Ada a acquiescé. Dans la salle de bains, elle s'enferme à double tour. Elle écrase son visage sur la glace du lavabo. Elle voit son nez, son front, sa bouche, enflés et mangés par la buée. Et si les femmes ne répondaient pas? Et si la connaissance désertait à jamais l'univers? Dans ce cas, Ateba n'aura plus que les yeux pour voir, pour sentir, pour toucher. Puisque le nez a failli. Puisque la bouche a failli. Elle sentira, elle dira avec ses yeux. Ses yeux qui peuvent voyager au-delà d'elle, loin d'elle, sans autorisation aucune.

Rien que ses yeux pour imprimer l'histoire dans les mémoires.

Ateba se souvient qu'autrefois, en aval du ruisseau, vivait une femme. Elle était toute fripée, caricaturée par le temps. Elle restait des journées entières tapie dans sa cabane, rongeant des feuilles de tabac qu'elle recrachait sans vergogne par la porte, aux pieds du passant. Quelquefois, elle allait traîner sa carcasse mourante au marché. Ateba l'apercevait alors, suant sa misère dans son sac à provisions. Des gens s'écartaient sur son passage, d'autres se retournaient. Les plus discrets crachaient. Puis on ne l'a plus revue. Personne ne semblait se soucier de ce qui lui était arrivé. Un matin, pendant qu'elle faisait la vaisselle, Ateba a vu passer deux hommes. Ils portaient au cimetière un cadavre suspendu à une perche. Elle a reconnu la vieille. Son visage avait changé, lavé par la mort, comme blanchi. Les jambes par contre restaient les mêmes. Longues, osseuses, se terminant sur des orteils enchevêtrés, déformés par des chiques. On ne pleura pas. On ne veilla pas. « Elle est morte de tuberculose », lui dit-on plus tard. Et elle, de quoi mourra-t-elle ? De quelle malédiction sera-t-elle frappée ? Au loin, un vent léger se lève et s'ébruite dans les arbres, un bébé pleure, on assiste à l'enterrement d'un inconnu... Elle en a assez de ces morts dont on ne parle pas. Elle veut découvrir sa propre mort, la transporter sur son dos, jour après jour, en attendant que, dans la pénombre, elle perçoive son souffle froid et qu'elle se sente enfin tout à fait seule. Et là, devant la glace, avec l'image de la vieille, elle recherche le visage, le sort qui lui sera réservé. Il ne se déclare pas, il ne veut pas se déclarer. Il n'y a devant elle que la femme, rien que la femme. Son front lisse, ses lèvres, ses épaules, ses seins aigus, son ventre durci par l'effort, ses cuisses longues, fines, son sexe. Son sexe de femme au début, rouge du cadeau de lune, cloîtré dans la crainte du devenir.

Une émotion toute retenue. Elle ne peut plus se regarder comme si, à le faire, la vie partait. Elle ouvre le robinet. Elle se tient raide, les yeux sont peut-être ouverts, peut-être fermés, peu importe, elle regarde sans voir, sans entendre. L'eau coule, tournoie, dérive. Rien ne la retient plus. Ses mains sont plaquées sur le bord du lavabo. Elles se mouillent. Sa robe se mouille aussi. Ateba ne bouge pas, Ateba est dirigée vers son dedans, Ateba est dans Ateba, Ateba est seule, inaccessible. Plus tard, elle dira : « J'ai été, j'ai vu l'étrange lumière rouge. » Était-ce la mort ?

Un pagne serré sur son buste, un foulard indigo dans les cheveux, Ateba s'abandonne à la chaleur suffocante de la tôle ondulée. En cette fin d'après-midi, le QG a le calme sinistre d'un caveau. Ekassi occupe toujours la scène sociale. Son corps enveloppé d'un drap de mouches trône au milieu des pleureuses aux larmes taries et sature l'atmosphère de son odeur putride. Le permis d'inhumer n'a toujours pas été obtenu. Voilà trois jours que la maman endeuillée radote sa peine dans les bureaux de la mairie. Sans résultat. « Reviens demain, lui a dit un employé en bâillant, il n'y a plus de timbres. » Et deux demains ont suivi le premier. Pauvre Mâ! Elle a oublié de trousser son kaba. Ekassi, elle, y aurait pensé.

Ekassi. Depuis qu'elle a vu l'étrange lumière rouge, ses pensées la conduisent souvent à elle. Déjà ce matin, elle s'est remémoré à maintes reprises la femme. Elle s'est dit qu'elle avait réussi sa sortie de scène, qu'elle avait bien joué son rôle. Quel qugé-tiste n'a un jour ou l'autre loué son ventre? Qui n'a peloté sa croupe?

Sacrée Ekassi! Avant de la connaître, Ateba avait senti sa présence, elle l'avait perçue avec sa chair, avec son sang, avec son corps. La femme. Et la convoitise tissée autour d'elle. Son ventre s'offrait, accueillait leur sexe imbécile, puis rejetait dans le vide où elle s'était retirée leur sève inutile. Elle se soumettait à tous les désirs mais tenait son ventre dans l'absence. Quand on le lui faisait remarquer, elle rejetait la tête en arrière, elle scrutait le ciel, puis elle disait : « C'est Dieu qui refuse que je donne Noël. » Et elle repartait offrir son corps dans les recoins sombres, dans les impasses, dans les chambres de passage.

Ekassi! On dit qu'autrefois, il y a très longtemps, elle avait aimé un homme. Il volait. Elle savait qu'il volait et elle l'aimait. Elle était heureuse. Et la ville le savait. Un jour la police était venue. Elle voulait le revoir. Pour satisfaire ses yeux, elle avait donné son corps. Elle disait que ses yeux jouissaient de son amour et qu'eux pouvaient jouir de son corps. Puisqu'ils le réclamaient, elle donnait. Ils prenaient son corps. Lui prenait son cœur. Gala. Elle ne le pensait pas, elle le vivait dans chaque main qui la palpait, dans chaque homme qui inondait ses chairs. Longtemps elle avait rêvé. Son ventre d'où il élèverait des cris d'enfants; le maffé qu'elle lui préparerait chaque jour à l'heure de la nuit. Elle avait continué de donner son corps. Il était sorti de prison. Elle était allée l'accueillir avec ses rêves roses dans la tête. Elle l'avait ramené chez elle. Elle lui avait préparé le maffé comme il l'aimait. Il avait mangé. Il s'était rincé les doigts dans une bassine d'eau qu'elle lui avait apportée. Il lui avait ensuite annoncé d'une voix froide qu'il savait tout. Des copains lui avaient tout révélé. Elle avait répondu que ce n'était rien. Rien que du corps. Qu'elle l'avait fait parce qu'elle l'aimait, pour l'aider, pour aller au-devant de ses désirs, pour le sortir de prison. D'ailleurs qu'importait l'opinion des autres? Ils s'aimaient. Ils seraient heureux. Il avait dit non, qu'il ne voulait rien entendre, rien comprendre. Elle avait failli. Elle devait payer.

Et il était resté sourd à toutes ses lamentations, à tous ses cris, à tous ses plaidoyers. Il avait dégringolé les marches de l'escalier. Elle ne l'avait plus jamais revu.

Ekassi! Dans l'horizon bouché du QG, elle était le devenir. De ses mains qui ne pouvaient garder, elle prenait la vie le temps d'un crépuscule, elle ordonnait le désordre de l'amour. Les hommes la portaient dans leur sang, les femmes dans leurs désirs inavoués. Partout où elle passait, les mots s'élevaient, désordonnés, indisciplinés, tenus dans la fièvre du délire. Et elle passait, majestueuse, fauchait les hommes, enroulait les fesses coutumières dans leurs bandelettes de préjugés, fardait les gosses de leurs plus vifs désirs!

De la véranda, Ateba voit les couleurs s'estomper. C'est l'heure du crépuscule. Celle qui ramène dans les cabanes hommes, femmes et enfants, les genoux fatigués de la journée de travail. Celle qui paradoxalement déverse dans les rues la femme aux baisers et aux caresses infâmes.

Ateba se lève. Elle pénètre dans le salon. Elle ramasse un roman-photo. Elle aime lire. Elle a toujours aimé lire. Elle prétend que lire permet d'imaginer des histoires à écrire. Elle dit souvent qu'un jour elle deviendra écrivain. Elle écrira les autres.

Elle a à peine commencé sa lecture lorsque Jean entre en traînant des pieds et s'affale sur le canapé en face d'elle.

« Je veux que nous devenions amis, dit-il sans préambule.

– Ah !

– C'est tout ce que tu trouves à dire ? »

Une chape de glace l'envahit et l'enterre. Comment le décrire ? Comment l'appeler ? Comment la décanter ? Angoisse ? Bonheur ? L'homme veut devenir l'ami de la femme... Il va falloir unir sa pensée à la sienne, l'homme quittera sa place, il s'approchera d'elle, il s'agenouillera à ses pieds, il ne sera plus son propre maître, elle le laissera guider ses fantasmes, il lui parlera, avec amour, avec douceur, il clamera aux cieux tout ce qui désormais les unira. Mais pourquoi les étoiles qui déchirent le ciel ne s'unissent-elles pas au soleil ? Pourquoi l'aube ne s'associe-t-elle pas au crépuscule ? Quand viendra le matin, mais quel matin ? S'agira-t-il du matin présent ou du matin d'hier ? La femme ne saura plus puisque l'homme se cognera à l'obstacle du bonheur, puisqu'il oubliera l'amour pour la flamme du désir... Il n'avouera plus qu'il n'a jamais voulu s'unir au rêve de la femme, mais plutôt à sa chair.

« Je te parle, tu ne m'écoutes pas, dit Jean d'une voix acerbe. Si je ne t'intéresse pas, dis-le tout de suite.

– Si, je t'écoute.

– Répète ce que je viens de te dire. »

Elle ne sait plus. Il répète en détachant soigneusement ses mots :

« Je disais que tu es la première femme qui me plaise vraiment.

– Vous dites tous ça. Vous dites tous la même chose. »

Il proteste, agité, nerveux, il explique : ce corps de femme, ces fesses, ces seins, cette intelligence, il n'en a jamais rencontré de pareils! D'ailleurs, il n'y a pas que cela. Le caractère, le port de tête, les gestes... elle ne doit plus craindre le devenir de son corps. Il s'arrête de parler, essoufflé. Il la guette. Il veut déceler l'impact de ses mots. Séduite? Refoulée? Ou seulement indifférente?

« Veux-tu me voir demain? »

Elle hésite. Devant son silence, il sort un billet de cinq cents francs de sa poche et le glisse entre ses seins.

« Je t'attends demain à 13 heures au café de la Gare. »

Jean est parti. Ateba allongée dans son lit tremble. Pourtant la nuit, fissurée par la petite lampe de chevet, est relativement calme. Ada est partie au deuil d'Ekassi. Toutes les issues sont fermées. Ateba éprouve la même angoisse que la meurtrière qui ne s'expliquera jamais comment cela s'est produit. Autour de son angoisse, les moustiques volettent, prêts pour l'étreinte sanglante. Ateba se lève, ouvre son armoire, la vide, essaye plusieurs robes, marche de long en large. Comment résister à la peur? Il faudrait pouvoir parler à tous ceux qui ont joué un rôle dans sa vie, punir les uns, bénir les autres. Il faudrait écarteler les hanches, leur donner des gestes anciens afin de remodeler les sens; il faudrait retenir le temps, pour que les doigts épousent le ravissement de ce qui vient et l'accompagnent au chevet de la mort... Pourtant... Pourtant.

Un souvenir. Elle a quinze ans. Elle dévore *Zembla* et autres bandes dessinées. Elle entraîne Gon le fils de Combi, de cinq ans son cadet, dans les fourrés. Elle baisse son pantalon. Elle prend le petit sexe dans ses mains. Elle le serre. Il gonfle. Elle s'allonge. Elle relève sa robe. Elle invite Gon à grimper. Le petit sexe tendu se frotte au hasard dans son vagin, très vite, un peu à la manière des coqs. Quelquefois il vise juste. « Non, pas là! » crie-t-elle. Et le petit sexe repart, alerte, prêt à conquérir les recoins permis.

« Gon, où es-tu? Reviens ici tout de suite. » C'est sa mère. Il obéit. Avant de s'en aller, il rajuste son pantalon, enlève les brindilles de ses cheveux.

Au QG, on apprend à tricher très tôt. Tricher. Mentir. Et elle, avec quoi triche-t-elle? De quelle malédiction serait-elle frappée?

Ces questions la rendent mélancolique et l'empêchent de jouir. D'un geste rageur, elle rabaisse son pagne. Elle va dans la cuisine, boit trois verres d'eau. Elle va se laver. Elle prend dans l'armoire une grande serviette rose, l'attache autour de ses reins. Elle se regarde dans la glace. Elle caresse un grain de beauté au coin de la bouche. Elle se coiffe. Elle revient dans sa chambre. Elle sort une feuille et un stylo. Elle écrit aux femmes.

« Femme. Tu combles mon besoin d'amour. A toi seule, je peux dire certaines choses, n'être plus moi, me fondre en toi, car je te les dis mieux à toi qu'à moi-même. J'aime à t'imaginer à mes côtés, guidant mes pas et mes rêves, mes désirs enfouis dans le désert de ce monde incohérent. Quelquefois, je te vois, ta coiffure, ton visage avili par des sollicitations quotidiennes et par de menues bassesses, et tes déhanchements souples qui font lumière la vie. J'imagine ta nuit quand cesse à tes yeux l'agitation triviale et qu'à ton visage transparaît la limpidité de tes eaux. Tu m'as appris la passion, la joie de vivre. Sans toi, je serais l'ombre d'une vie qui s'excuse de vivre. Quelquefois, je t'ai reproché ton désir de l'homme. Aujourd'hui, je cours vers lui avec la flamme de tes yeux et j'apprends ainsi qu'à son contact mon amour pour toi se fait plus serein.

« Femme, je t'aime. »

Qu'est-elle venue chercher dans ce café? La femme? L'homme? Elle ne connaît pas l'homme. Elle n'a jamais eu de père. Les amants d'Ada ne l'intéressent que dans la mesure où ils passent comme une note, glissent sans imprégner sa mémoire.

Combien de pères Ada lui a-t-elle donnés? Dix? Vingt? Trente? Elle ne les a pas comptés, elle n'a jamais essayé de les compter. Ils passaient, elle disait « papa », elle aurait dit « monsieur », cela aurait été du pareil au même, puisque le mot avait perdu sa dimension, puisque le mot était devenu fou. Papa... Papa... Qu'aurait fait le Christ s'il n'avait pas eu son papa à ses côtés? Rien. Sûrement rien. Il avait besoin du corps, d'un corps vivant pour agir. Que ferait la femme de l'homme? Rien... Rien... Elle est la femme. Une situation perpétuelle, inamovible... Merveilleuse. Pourtant, être là la fascine.

Ils ont pris place dans des fauteuils disposés autour d'une table basse. Un serveur est passé, ils ont commandé deux jus d'orange qu'ils sirotent en silence, les yeux dans les yeux.

« Tu es belle. Encore plus belle que lorsque je t'ai quittée hier soir. Quelle classe! Te voir ainsi m'incite à précipiter les choses entre nous.

– Impossible... Je...

– Ne dis rien... Laisse-moi rêver. » Il lui prend la main. Elle regarde ses doigts, elle aime observer les doigts, les disséquer afin de démasquer leurs secrets. Avaient-ils aimé? Avaient-ils frappé? Quels crimes avaient-ils échafaudés?

« Tu sembles très à l'aise, dit Jean, interrompant le cours de ses pensées. As-tu l'habitude de fréquenter ce genre d'endroit? »

Elle acquiesce, il la transperce du regard, elle baisse la tête, il sait qu'elle ment. Est-ce mentir que tromper la vérité? Toute vérité qui se laisse berner par un mensonge ne serait-elle pas elle aussi un mensonge? Jean est dans son élément. Son visage rayonne. Rien de plus abject selon lui que de sortir une gâ qui n'a pas de vernis. Toutes ses maîtresses sont sophistiquées. Il déteste le spectacle des visages chiffonnés par le sommeil, bouffis et sans fard. D'ailleurs, il n'embrasse jamais ses maîtresses avant qu'elles ne se soient brossé les dents. Il ne va pas plus loin dans les confidences. Futilité? Bêtise? Il y a deux ans, lorsqu'une de ses maîtresses avait essayé de l'embrasser avant de faire sa toilette, il l'avait repoussée violemment et s'était levé. Ne comprenant rien à cette saute d'humeur, elle s'était levée à son tour et, pour le calmer, avait essayé de l'embrasser de nouveau. Il l'avait repoussée, furieux : la femme n'était bonne que le soir, fondue dans le noir. Non, décidément, le jour n'était pas fait pour elle. Il étalait tout... Qui avait dit que la femme était belle? Il devait avoir deux trous noirs à la place des yeux! L'imbécile... Tous les hommes étaient des imbéciles puisqu'ils ne la voyaient pas telle quelle. Molle. Flasque. Rapiécée. Dégoulinante! D'ailleurs ne trouvait-elle pas que ça puait dans la pièce? Oh oui! Ça sent la femme du matin. Tous des imbéciles!

Il hurlait presque. Elle avait peur. Elle était partie se réfugier dans le lit. Il l'avait rejointe. Elle ne voulait pas le croire?

Qu'elle regarde donc l'intérieur de son sexe. Tout poisseux! Bien sûr qu'il disait vrai. Il tirait sur les draps, elle avait honte, il continuait de tirer, elle disait : « Arrête. Arrête... Tu me fais mal », elle ne faisait que l'énerver avec son odeur de femme pas lavée. Il l'avait traînée devant une glace murale. Il l'avait obligée à écarter les jambes. Il voulait qu'elle se regarde, elle gardait les yeux fermés, il tirait ses cheveux en arrière, il lui faisait mal, elle pleurait. Ça l'excitait et l'irritait à la fois.

Brusquement, il l'avait retournée et l'avait obligée à se cambrer. D'une poussée, il l'avait pénétrée et avait entrepris un brutal mouvement de va-et-vient. Elle gémissait, elle sanglotait, il criait que ce qu'il leur fallait à toutes, c'était leur rentrer dedans jusqu'à ce qu'elles demandent grâce.

Soudain, il l'avait rejetée, le sexe toujours en érection, il avait ramassé ses vêtements, les avait enfilés en toute hâte et était parti sans jeter un regard à la femme qui, recroquevillée dans le lit, sanglotait doucement. Il ne l'a plus revue.

« Parle-moi de toi.

— C'est toi qui dois me parler de toi, rétorque Ateba. Il ne m'arrive jamais rien.

— Impossible, trésor. Tu mens. D'ailleurs je n'ai jamais compris pourquoi les femmes ont toutes besoin de jouer les « Peau-d'âne » dès qu'on les drague. Trêve de balivernes! Raconte-moi tes aventures.

— Si tu veux savoir si j'ai déjà baisé avec un homme, alors la réponse est non! Et si tu m'as invitée pour ça, alors ciao! »

Elle fait mine de se lever. Il la retient.

« Tu ne vas pas te vexer, ma douce. Toutes les femmes mentent. Et je trouve cela charmant. Une femme n'est jamais aussi belle que quand elle est maquillée. Se maquiller, c'est tricher. D'ailleurs... »

Il coupe net dès qu'il s'aperçoit qu'elle l'observe, médusée.

« Pardonne-moi, chérie. Je t'ai blessée. Tu es différente des autres femmes, je le sais. Je voulais seulement te taquiner. »

Il fait un geste vers elle. Elle l'esquive. Il la rattrape.

« Tu as des mains magnifiques, mon cœur... Extraordinaires. Des mains de fée. Celui que tu choisiras sera le plus heureux des hommes. Sais-tu que je t'adore ? »

La simulation est autant nourriture pour l'esprit égaré que la vérité. Ateba, les yeux dans le vague, l'esprit couché, écoute. Elle est l'héroïne d'un roman-photo cinq pages avant la fin. Le héros lui prend la main. Il la trouve merveilleuse. Il la trouve délicieuse. Le paysage est beau. Elle l'est encore plus ! Blanche comme la lune. Maquillée d'argile. Il lui dit qu'elle est la femme de sa vie ; il l'a aimée au premier regard. Elle proteste en riant. Elle est heureuse, suspendue à son cou. Elle a envie de rire, de chanter. Un léger vent. L'orage. Quelques gouttes d'eau. Il enlève sa veste, en recouvre leur tête. Ils courent vers un abri. Le mot FIN se détache sur cette dernière image.

« Tu ne m'écoutes pas ! Tu ne m'écoutes pas ! Tu n'écoutes jamais ce que je te dis !

– Mais si, tu te trompes. »

Et Jean parle, parle. Il divise les femmes en deux groupes : les épousables et les autres. Les premières sont belles et distinguées, fortes et fragiles. Elles aiment les fleurs, les oiseaux, les enfants. Elles sont douces. Elles savent prodiguer le bonheur autour d'elles. « Comme ma mère », précise-t-il.

« Suis-je son idéal féminin ? » Dans la mémoire d'Ateba la question se cristallise. Elle ne l'interroge pas. Son reflet dans l'une des glaces murales la situe. Elle est attifée comme une vamp. Tee-shirt moulant. Minijupe. Taille bardée de cuir. Elle est les autres. Celles que la tradition récuse mais qui poussent au QG comme des ronces sauvages; celles que la coutume proscrit mais qui drapent le corps de ses vieillards dans de jolis pagnes multicolores. Elle est pareille à celles-là. Pareille à elles par la souffrance et l'écoeurement quotidien. Pute aussi : à elle-même, à son passé, à son impuissance à briser le fil du désespoir. Doucement, elle se retire en elle-même.

Il l'a entraînée boulevard de la Liberté. Ici, le silence est impression. C'est l'heure de la sieste. Tout est immobile. Les arbres, la rue, les maisons. Des Blanches écroulées sur leur balcon fondent à la chaleur de leur graisse, comme un morceau de sucre dans du lait. Quand elle souffre de la misère, c'est sur le boulevard de la Liberté qu'Ateba vient rêver.

Ils cheminent en silence. De temps à autre, Jean arrache une feuille de manguier, la mâchonne avant de la recracher.

« Est-ce ma présence qui te rend muette ? dit-il soudain.

— Mais non... Mais... » Comment lui expliquer que

le mirage s'est dissipé et qu'à cet instant précis elle se sent mieux à l'intérieur de sa peau? Comment lui dire que le QG ne mène nulle part et que son avenir s'élève immobile, telle une montagne dévastée de flammes, mais derrière laquelle serait tapie la vie, une vie puissante, hors de son atteinte? A quoi bon? Il ne comprendra pas.

Les manguiers se clairsèment. Derrière eux les pavillons. Au fur et à mesure, le boulevard se rétrécit, devient sale, puis crasseux. Là-bas, loin, caché derrière une colline d'ordures, le QG. En saison sèche, la terre rouge craque et se fendille comme l'écorce avide d'un arbre. Les enfants prostrés, la tête sur leurs genoux, répugnent à regarder le manguier qui ne ploie plus sous le poids du fruit. C'est là qu'Ateba est née. C'est là que Betty l'a laissée. C'est là-bas que, les jambes lasses, la tête pleine d'autres vies, elle s'englue dans la misère.

Au loin, le bruit d'un moteur. Jean lève la main. La Toyota jaune arrive en pétaradant, ralentit avant de s'immobiliser.

« Au QG, s'il vous plaît.

– Je ne vais pas au QG, dit le chauffeur. Mais je peux vous déposer au marché central. »

En ouvrant la portière, Jean lui lance un regard empli de tendresse :

« Pardonne-moi ce petit abandon, mon amour. J'ai un rencard à 15 heures. Viens me voir ce soir dans ma chambre », ajoute-t-il en claquant la portière de la voiture.

Ateba le regarde sans le voir, sans déjà le reconnaître, l'esprit dilué dans les temps mornes qui s'écouleront encore au QG avant qu'une pluie providentielle ne lave son ciel.

A cette heure de la journée, le marché est presque désert. Des babengués en haillons jouent à se bombarder de fruits pourris, profitant de la liberté offerte à qui n'a plus rien à perdre et ne craint plus de se montrer à son désavantage. Plus loin, Zouzou la Folle, dans la tenue d'Ève, allaite son dernier-né dans ce même climat d'indifférence aveugle qui la caractérise. Elle ne réagira pas plus quand la coutume, s'engouffrant dans les labyrinthes dévastateurs des sens uniques et des sens interdits, lui arrachera son enfant. Elle le laissera partir. Comme d'habitude, sans réaction, comme si cette vie surgie d'elle n'avait jamais existé. Et là, sous ce réverbère de lumière illusoire, elle continuera à se tirebouchonner les cheveux en attendant l'éclosion d'une autre vie. Elle a déjà eu huit enfants. Ils servent le whisky-Coca chez les cousins.

Ateba se hâte maintenant, le cœur battant d'appréhension. Il faut qu'elle se débarrasse de ses vêtements avant qu'Ada ne rentre, avant que ne s'étale au regard des qugétistes l'étendue de la faute commise. Mais encore faut-il traverser le marché, redescendre la rue du Président-Kouté, s'engouffrer dans des ruelles malodorantes, et traverser le pont.

Un groupe de jeunes gens joue aux dames sous une véranda. Elle reconnaît certains d'entre eux. Ils ont joué ensemble autrefois. Comme elle, ils ont cru que la misère était chaude et mouvante et qu'un jour ils basculeraient dans les illuminations de l'opulence presque inconsciemment, presque sans le vouloir. Mais le temps a passé et a ciselé l'amertume dans l'âme.

Ateba traverse la cour à grandes enjambées, un doigt croisé sur l'autre pour favoriser la chance. Elle manque trébucher sur le tronc d'un avocatier fraîchement coupé. Elle franchit le seuil. Hypnotisée par l'éclat blanc du ciel, elle ne voit pas la main qui s'abat sur elle et la projette contre le mur.

« D'où tu viens maquillée comme ça ? »

Ada ne lui laisse pas le temps de répondre. Elle la cravate. Le tissu craque. Un sein se découvre. Elle la gifle. A toute volée. Ateba saigne du nez et de la bouche.

« Pute ! espèce de pute ! Tu me déshonores ! Que diront les voisins... Je ne te nourris pas assez... Hein, dis... pour que tu aies besoin de sortir... Réponds... Allez réponds... »

Yossep, le nouveau « papa » d'Ateba, alerté par les cris, se précipite. Il s'interpose. Il les sépare de ses épaules et de ses bras musclés. Ada se débat et rugit.

« Laisse-moi ! Je veux la tuer... Je veux la tuer. Tu as vu ses vêtements ? On dirait une pute... Je vais la jeter à la rue... Lâche-moi.

– Calme-toi ! interrompt Yossep avec véhémence. Ne fais rien. Reprends ta tête... On verra après. »

Dans son pantalon de toile noire, il ressemble à un juge. Un juge à court de sentence. Il ne sait que dire ni que faire. Prendre Ada par la main et la conduire vers son fauteuil ? Sermonner Ateba de faire tant de peine à sa mère ? Il hésite. Il va maladroitement vers Ateba, encombré par son devoir.

« Où étais-tu ? rugit-il à son tour. Tu as vu ton maquillage, tes vêtements ? Tu n'as pas honte ? »

Ateba ne répond pas. Elle ne le regarde pas. Comment supporter cette présence prosaïque et illusoire ? Comment échapper à cet afflux de mots insignifiants ? Sentant la nécessité d'être ailleurs, de s'abstraire du perpétuel assaut verbal, elle baisse la tête, l'expression figée dans une calme et désespérante douleur comme ces lépreux du QG qui répugnent à vous montrer leur détresse.

Ada a regagné son fauteuil. Elle se lamente. Elle transpire. Elle tremble dans son kaba. Pitoyable la maîtresse femme dans son rôle de mère! Elle bafouille :

« Tu as vu? Elle ne répond pas... Elle me méprise. Toutes les mêmes de nos jours... Qu'elle s'en aille... Qu'elle parte où elle veut... Je ne veux plus la voir... Je l'oublie... Je la renie... Elle n'est plus ma fille. D'abord le nom... Demande-lui d'abord le nom de l'homme... Mes sous... Mes sous... Qu'elle me rembourse tout ce que j'ai dépensé pour elle... Elle va me tuer... Elle va me tuer... Ingrate... Qu'elle s'en aille... Je deviens folle...

– Parle! Tu dois parler! exhorte Yossep. Il nous faut le nom de celui qui a fait ça. Tu dis le nom ou tu prends la rue. En tout cas, tu ne resteras pas ici à traîner le nom de ta mère dans la boue. Tu as pensé à sa réputation? Est-ce que tu as un seul instant pensé à cette femme qui trime et sue pour t'élever? »

Maintenant Yossep est hors de lui. Dans le feu de l'action, il s'est laissé prendre au jeu. Il s'agite autour d'Ateba, il sort une cigarette, il l'allume, il aspire une bouffée, la jette par terre et l'écrase de la pointe des pieds. Il va vers Ada, lui caresse les tempes, va vers la salle de bains, revient avec une serviette mouillée. Il masse les tempes d'Ada, allonge ses jambes sur un banc. Un masque de sérénité se pose sur son visage bouffi. Il a la solution.

« Détends-toi, mon amour. Tout va s'arranger. On ira vérifier... On portera plainte si nécessaire. »

La foule, alertée par les cris, s'est amassée devant la maison. Des gens traversent le pont. Certains s'arrêtent pour poser des questions. D'autres poursuivent leur chemin, pressant le pas, craignant sans doute d'être confondus à cette masse piaillarde.

Une commère glapit et répète par intervalles :

« Quel monde! Quel monde! Ô Seigneur, protège ma descendance! »

Un homme, la quarantaine, s'approche, s'informe.

« C'est la fille d'Ada, explique une petite femme desséchée. Elle est sortie sans dire où elle allait. Une fille unique, adorée de sa maman! Elle ne manquait de rien. Qu'est-ce qu'elle allait chercher?

– Hé! Hé! Il y a des besoins du corps et de l'esprit que même une mère ne peut apporter à son enfant. Il faut savoir... Il faut savoir...

– Arrête ces histoires de Blancs, interrompt aussitôt un voisin. Ce sont eux qui ont apporté ça chez nous. Autrefois, ces choses-là n'arrivaient pas. Les filles ne sortaient pas, ne se posaient pas de questions. Elles ne demandaient qu'un bon mari et des enfants. Maintenant, elles naissent avec la queue entre les jambes. »

Un murmure d'approbation traverse la foule. Une femme enveloppée dans un pagne bleu indigo lève un poing vengeur.

« Il faut que le gouvernement prenne des mesures radicales. C'est la prison à vie qu'il faudrait pour calmer ces salopes. Je dis, moi, que ce sont les filles qu'il faudrait enfermer au lieu des mecs.

– Je ne suis pas d'accord, intervient une maigrichonne qui n'avait jusqu'ici fait aucun commentaire. Je crois qu'il est temps de foutre la paix aux jeunes. Après tout c'est leur corps. Elles ont droit d'en faire ce qu'elles veulent.

– Et qui défendra nos valeurs? interroge, railleuse, une petite grosse, peau teintée à l'ambi et mains décapées à l'asepso.

– On n'a pas besoin de la virginité des jeunes filles pour défendre nos valeurs. Si seulement chacun de nous pouvait prendre conscience que ce sont les gouvernements qui sont responsables de notre décadence!

– Arrête tes âneries, tranche un vieillard. Ces histoires-là ne nous regardent pas.

– Ouais... vieux frère! approuve son compagnon. Ça ne nous regarde pas. » Et il éclate de rire.

Casques et mitraillettes, peloton conduisant le condamné à l'échafaud. Ateba titube. Derrière Ada, ses pas raccourcissent. Arrêter le temps. Remonter la vie. Changer son tableau. Sur leur passage la foule se fend, les coudes se touchent, les têtes se tournent. Grimpent les rumeurs. « La garce! Faire ça à une telle mère! »

La garce en question divague. Son cœur déraille... Ses tympans sifflent... Ses sens dérapent. De peur. Celle apprise, faite de morts-vivants, d'esprits et d'horribles aventures. Et « si durant la nuit un esprit m'a emprunté mon corps... » et « si en me caressant je me suis... sans m'en rendre compte » et « si... » Et « Non... » « Impossible je m'en serais aperçue... » Minimiser les faits... Les rétrécir... Les diluer pour se rassurer... Mais la peur est là. Énorme. Non... Courir après d'autres images, d'autres pensées rien que pour se donner la force de continuer de marcher, de sprinter après la coutume écrasante, figée dans son désir de vérifier le bon état de tous ses membres et de toutes ses dents. Préparer ses mots en cas de détraquement de la machine... Invoquer la pitié...

Supplier d'écouter... De comprendre... De s'ouvrir...
Demander à la coutume d'apprendre d'autres langues que celles de sa mémoire.

Elles arrivent devant une cabane, au fond du QG. Ada frappe dans ses mains. Une femme, vieille et délabrée, apparaît aussitôt, voûtée, les yeux plantés au hasard dans un visage creusé de profondes rides de désillusion, la bouche rassise, les membres alourdis par les ans.

« Je vous attendais », dit-elle en s'effaçant pour les laisser passer.

La peur dans le corps, Ateba découvre la maison. Une pièce unique. Cuisine, salle à manger et chambre réunies. Une bougie sur une commode en rotin brûle nuit et jour, pour entretenir l'esprit des morts. A gauche, une cruche en terre ébréchée, est posée à même le sol. A droite de vieux papiers s'amoncellent sur une étagère. Au fond, un lit « princesse » en fer forgé, garni d'une moustiquaire. Au-dessus du lit un crucifix en bois flirte avec des feuilles de kwem, des pièces de cauris incrustées dans une corne de zébu. Sur le mur, masques, peaux de serpents, bêtes empaillées. Coincée entre deux calendriers périmés, une jeune femme au teint jaune offre sur une affiche publicitaire le secret de sa carnation : « Ambi vous aide à paraître, vous aussi, plus claire. »

Ambi. Ce mot a une résonance familière. Elle a neuf ans. C'est le matin. Betty est dans son bain. Ateba lui frotte le dos. Elle enlève les morceaux de peau morte qui font comme du chewing-gum dans sa main. Une autre peau apparaît, neuve, d'un rouge jaunâtre, comme celle d'un nouveau-né. Ateba la caresse longuement. Elle dit : « Tu es belle, Mâ, tu as bruni. » Betty rit. Elle lui dit d'arrêter de se moquer d'elle. Elle ajoute : « Mon corps a fauté, ma fille, il est moche... Les gosses, tu comprends ? » Elle lui montre la peau de son ventre desséché et flétri comme une vieille datte. Elle lui parle de sa jeunesse qu'elle donnait au vent avant toutes les grossesses : les jambes fines, les seins aigus, et les hommes couchés à ses pieds. Quelquefois, deux grosses larmes s'échappent de ses yeux. Ateba ferme les siens. Elle respire l'odeur du savon et de l'ambi. L'odeur de sa mère... Betty... Elle se lavera demain matin vers 10 heures comme aujourd'hui, comme hier. Ateba ne lui frottera pas le dos.

La vieille est assise sur ses talons, devant le feu. Elle mâchonne du tabac en parlant à voix basse avec Ada. Encore la tradition. Elle se redresse péniblement, une main sur les reins. Elle demande à Ateba d'enlever sa culotte et de s'accroupir devant elle. Ateba hésite. Elle reçoit une tape dans le dos. Alors, elle roule son pagne sur son ventre, s'accroupit les jambes largement écartées. Un excès d'amertume s'empare d'elle et la soumet au rite de l'œuf... Elle cesse de comprendre qu'elle a un corps, que des doigts la fouillent, que le contact de l'œuf est froid, que la vieille est malodorante comme un tas d'ordures. Travail achevé en deux minutes? En dix heures? Ateba ne sait plus. Ateba ne veut pas le savoir. La voix chevrotante de la vieille clamant qu'elle est intacte la sort de son engourdissement torpide. Elle ouvre les yeux sur la mine triomphante d'Ada. Elle la voit plonger sa main dans son corsage et en sortir, avec des gestes précipités, un mouchoir noué aux quatre coins. Elle s'assoit sur le lit, dénoue les nœuds en s'aidant de ses ongles et de ses dents. Des billets de banque apparaissent. Elle en retire un qu'elle donne à la vieille qui s'empresse à son tour de l'enfouir dans son corsage. Si Ateba est la femme, est-elle aussi Ada? Ateba frissonne. Ada la fixe attentivement, puis détourne le regard. Elles sont sorties dans le soleil.

Se retrouver. Faire revivre le morceau de soi qui s'est absenté. S'agiter pour se dégeler. Marcher hors de la coutume. Mais ses pas qui la fuient la ramènent vers elle, vers ses lois, vers ses interdictions. Devant elle, le passé, Betty... Betty.

Enfant, Ateba voulait ressembler à Betty. Elle portait ses pagnes et ses chaussures trop grandes pour ses petits pieds. Devant la glace, elle se maquillait de son fard. Elle s'observait. Elle était femme. Elle était Betty. Elle lui ressemblait physiquement et elle se plaisait à imaginer que sa vie n'était qu'un prolongement de celle de Betty. Comme Betty, elle sortait dans la rue, elle esquissait quelques pas, elle regardait les yeux qu'elle croisait pour s'assurer qu'ils faisaient ses éloges. Ragaillardie, elle traversait le pont. Moride, son amie d'enfance, l'attendait. Ensemble elles riaient de son déguisement.

Revenir vers cette enfance tombée trop tôt. Retrouver la vue. Retrouver la voix. Échapper à cette larve vorace qui sévit depuis des générations. Partir.

Au loin, l'horizon et le soleil en crépuscule. Des fillettes jouent. L'une d'elles sort un foulard. Elle se bande les yeux. L'autre s'approche. Elle vérifie. Les yeux ne sont pas bien bandés? Elle resserre le nœud. L'autre proteste. Elle ne doit pas lui faire mal. Première règle du jeu : elle doit attendre que l'autre disparaisse pour enlever son bandeau. Deuxième règle du jeu : elle doit la retrouver.

Enfant, Ateba n'enlevait jamais trop tôt son bandeau. Elle attendait de longues minutes. Elle sentait la brûlure de l'étoffe sur ses tempes. Elle essayait de capter les bruits. Il n'y en avait plus? Elle s'inquiétait. Elle l'arrachait brutalement. Elle regardait quelques secondes autour d'elle, hagarde. Le monde était toujours le même? Elle remettait son bandeau en place. Elle attendait, s'oubliait, dégustait sa solitude. Quand Moride revenait, l'impatience à la bouche, elle lui disait de repartir. Moride refusait. Elle l'avait trop fait attendre. Elles se querellaient. Pour finir, Moride reprenait le foulard et partait furieuse. Ateba demeurait seule, immobile, bras croisés, yeux grands ouverts. Elle n'éprouvait rien. Elle ne ressentait rien. Elle gardait conscience mais devenait un torrent. Un torrent de connaissances, d'idées, d'images, de jeux qu'elle avait appris, de règles qu'on lui avait inculquées. Elle brassait tout, mêlait tout dans sa mémoire d'enfant, sautait d'une idée à l'autre sans transition, sans plage de silence, elle récitait une fable de La Fontaine, parlait des règles de soustraction et des obligations d'un enfant. Tous l'entendaient. Tous devaient l'entendre. Certains s'arrêtaient, s'étonnaient de son savoir, d'autres se contentaient d'ouvrir grand les yeux devant cette marée de connaissances. Elle était la meilleure, elle était la fille de Betty. Betty en était fière, elle disait : « Elle est intelligente. C'est une brave enfant. » Elle lui demandait alors de lui réciter des contes, elle voulait que le monde entier sache qu'elle avait la fille la plus brillante du QG. Ateba s'approchait d'elle, elle venait presque à ses oreilles, elle parlait, elle parlait très fort, du ton de qui veut imprégner, marquer. Quand elle n'en pouvait plus de réciter, elle chantait. Elle chantait faux. Betty l'écoutait ou ne l'écoutait pas, elle continuait. Quand elle était fatiguée, elle disait : « Maman j'ai fini. » Betty ne répondait pas. Elle répétait deux, trois, quatre fois la même chose. Alors Betty se fâchait, criait : « Tais-toi! Tu me casses les tympans. » Ateba filait dans sa chambre.

Quand elles arrivent devant la maison, la foule est encore là, haie bruissante dans la cour.

« Les voilà », entend-on chuchoter.

« Elles sont là », murmure-t-elle en se pressant davantage.

Ada s'approche. On l'entoure aussitôt. On veut connaître le résultat, les détails :

« Tout s'est bien passé, dit-elle vibrante, incapable de contenir la joie d'avoir rétabli son honneur. Elle est vierge, elle n'a jamais touché l'homme. Dieu soit loué. Même la vieille n'en revient pas. Je l'ai laissée émue aux larmes. Je lui apporterai un de ces jours un petit cadeau. Bon, laissez-moi. Je suis fatiguée. Quoi? Qu'est-ce que vous dites? Je ne sais pas pourquoi j'ai ce bonheur. Peut-être la chance. Peut-être la main dure. Va-t-en savoir! Il ne faut pas laisser trop de liberté aux filles. Maman le disait toujours. « Donnez-leur un doigt et c'est la main qu'elles vous bouffent! » »

Yossep s'approche d'elle. Il passe une main sur ses épaules. « C'est un homme chic, dira Ada plus tard. Il sait quand il faut parler à la femme, la caresser, la consoler. » Il l'entraîne à l'intérieur de la maison. On les suit. Il claque la porte derrière eux.

« Tu en fais une tête, mon amour! Ça s'est mal passé ou quoi? »

La joie d'Ada s'est diluée en même temps que la foule. Elle lui dit non, pas précisément, ce doit être la tension des dernières heures. Ça lui a usé les nerfs. Et puis il y a l'histoire de Betty qui lui revient. Est-ce qu'il comprend? Oui. Il comprend. Elle l'a torchée, elle l'a cajolée, elle l'a aimée comme si Betty avait été sa propre fille. Un jour, un homme est venu, elle l'a suivi en lui laissant Ateba sur les bras, sans se soucier de ce qui adviendrait d'elle. Aujourd'hui, elle a peur que l'histoire ne se répète.

Yossep s'attendait à ce discours, il s'y était préparé et l'avait même provoqué. En quelques semaines, il avait réussi à cerner la femme, à connaître ses points sensibles et à les exploiter. Il savait qu'Ada considérait la maternité non comme un bonheur mais comme un fardeau. Elle lui avait expliqué à maintes reprises qu'être mère c'est tout sacrifier. Son expérience le prouvait : Betty ne lui avait-elle pas volé son « grimper social » en prêtant son ventre à des va-nu-pieds, au lieu de le donner à un « Cou plié », un homme riche et respectable ? Jamais Ada ne lui pardonnerait.

Yossep aime ces moments d'épanchement, ces moments où il peut la prendre par le bras et l'emmener. Il tiendra une loque un peu ivre de douleur. Il la conduira à son fauteuil. Il lui servira un hâa qu'elle boira cul sec sans s'en rendre compte, sans même reconnaître tout à fait la saveur de son alcool préféré. Et, un peu plus tard, quand le soleil aura tout à fait disparu, elle lui donnera cet ordre, toujours le même : « Viens me faire l'amour. » Il l'accompagnera dans la chambre. Elle le déshabillera. Il l'embrassera. Elle plantera ses ongles dans son dos. Il la caressera. Elle exigera que ça aille vite, très vite, qu'il se dépêche. Il la prendra. Elle criera, les yeux fermés. Il mêlera ses soupirs aux cris. Elle se lèvera. Elle ira aux W-C. Il entendra la chasse d'eau puis le glouglou du robinet. Quand elle reviendra, il se gardera de lui avouer qu'elle le froisse en l'oubliant si vite. Il ne dira rien. Il ne doit rien dire. Que dire de plus quand gîte et couvert sont assurés ?

Et le Verbe s'engouffre dans le QG. Délire. Psychose. Inutilité. Il se déverse continûment. « Ateba est vierge! Ateba la fille d'Ada est vierge! » « Super! » disent les fesses coutumières. Nous aussi étions vierges à son âge. » « Ah! Si notre fille pouvait lui ressembler! » Et les mots déferlent dans les bars, dans les chambres, dans les casseroles, sans répit, sans trêve, rien que les mots, le langage de l'homme hissé sous le soleil de midi. Ce langage qui a oublié le verbe originel, qui trottine obstinément d'une bouche à l'autre, d'un pas égal, indifférent aux temps et aux saisons.

Et dans le QG bourdonnant de parlottes, Ateba tournoie sur elle-même, livrée à l'angoisse. Partout, elle se heurte aux écueils de la tradition. Partout, ils s'amoncellent, bouchant la vue, obstruant la gorge, éraflant la main timidement tendue vers la lumière. Seule.

Au QG, on n'explique pas. On accuse. On enferme. On dénigre. On vante. La mémoire collective prise dans les métastases du « progrès » s'est effrangée comme les froufrous d'une dentelle.

Debout dans la chambre qu'Ada vient de déserter, Ateba fouille. Armoires. Tiroirs. Malles. Briser le mur du passé. Déchirer la mémoire. Retrouver son présent confus et fragmenté par les dires. Retrouver Betty... Betty... Deviner la femme, toujours la même dans chaque pagne qui moisit, dans chaque camisole qui se froisse au contact des doigts. Tressaillir à la vue d'un papier... Retrouver des indices. Retracer les chapitres d'une vie. Retrouver Betty. Ses odeurs. Ses goûts. Ses envies. Cataloguer la femme pour se retrouver. N'être pas une qugétiste. N'être pas tout à fait une qugétiste. Trouver son ailleurs caché dans les secrets de Betty.

Au fond d'une malle. Ceintures. Colliers. Clefs. Photos. Poses et attitudes. Le passé se raconte. Sur l'une d'elles, Betty, de blanc vêtue, est photographiée les mains croisées sur un chapelet. C'est la première communion. Au QG, comme partout, les enfants sont photographiés le jour de leur première communion. Immortalisés sur papier glacé, ils deviennent des anges, à l'instar de ces enfants qui meurent avant de perdre leur innocence. Et, derrière leurs regards candides, la grimace douloureuse de l'enfance trop tôt disparue.

1961. Betty est assise sur un banc dans le soleil, les jambes croisées, une main sur la joue. Son regard ne semble pas porter plus loin que la case d'en face. Nostalgie? Ou anticipation de l'accès à la mer du temps? Les raisons profondes lui échappent. C'est comme déployer les cauris pour lire le regard des morts. Betty s'effrite.

1966. Betty en minirobe rouge, hissée sur dix centimètres de talons, bouche fardée, teint jaune. Impossible de décortiquer le sourire qui étire le coin gauche de la lèvre. Le passé se referme.

Pour ne plus prendre l'angoisse, Ateba a refermé la malle, elle a réajusté son pagne, elle est sortie dans la rue, buste haut, croupe rebondie. Elle va chez Irène. Elles se sont connues à l'école, mais l'école abandonnée n'a pas brisé leur amitié. Irène habite au dernier poteau chez ses parents, deux vieillards un peu séniles qui assistent, sans trop de douleur, à la déchéance de leur fille. Irène lui parlera de ses « parties de jambes en l'air ». Attentive, Ateba l'écoutera, et se trémoussera sur son banc au fil du récit. Puis ce sera son tour de raconter. Pour être dans le coup, pour qu'Irène ne la prenne pas pour une timorée, Ateba parlera de Jean, de l'œuf. Irène exigera des détails. Elle épiera sur son visage la phase de l'amour, la progression du mal en quelque sorte. Irène biaise. Les déclarations amoureuses la révulsent. Elle répète souvent : « Ils vous regardent pour la première fois, ils disent : " C'est Dieu qui vous envoie. Ma prière a été exaucée. " Quand ils vous regardent pour la deuxième fois, déjà ils ne vous voient plus, mais ils disent : " Si l'aube du mal avait un visage, il serait la femme. " »

Ateba marche droit devant elle. Ses pieds s'enfoncent de temps à autre dans la boue d'où elle les extirpe avec un léger bruit de succion. Deux babengués, cigarette au bec, stéréo sur les épaules, claquent des doigts au rythme de la musique. Les yeux corrompus par le vice s'attardent sur ses fesses :

« On t'accompagne, baby ? »

Ateba baisse la tête et ne répond pas. La rue est longue. Elle a oublié de boire avant de quitter la maison. Elle s'arrête devant une cabane à demi effondrée. Le propriétaire est allongé sur une natte sous la véranda. Dès qu'il la voit, il se relève et ébauche un sourire : il sait qu'elle n'a pas avalé l'œuf. Son pagne noué sur le ventre dégoulinant cache mal la proéminence du sexe et laisse échapper des jambes grêles, recouvertes de poils. Il glisse vers elle un regard doucereux.

« Qu'est-ce que je peux pour toi, ma petite dame?

– De l'eau, s'il vous plaît. J'ai soif. »

Il hoche la tête et, sans la quitter des yeux, il crie vers l'entrée : « De l'eau, Sebas! »

Un garçon d'une douzaine d'années apparaît aussitôt, un gobelet en main. « Voilà, père », dit-il en le lui tendant. Il le prend, manquant de le renverser sur lui et le tend à son tour à Ateba et dit d'une voix mielleuse : « Tiens. »

La gorge rafraîchie, Ateba lui rend le gobelet, le remercie et reprend sa marche vers Irène, l'amie, la confidente. Dès qu'elles auront déballé leurs problèmes de cul et de cœur, elles parleront des autres, elles calculeront leur pourcentage de merde, elles feront une étude comparative. Enfin, elles diront tous ces petits mots anodins, impersonnels, que l'on dit quand le ventre de la nuit devient stérile et que l'aube n'enfante plus le soleil, rien que pour survivre, pour s'agripper à la vie, pour voiler la face du désespoir.

La rue s'est animée. C'est la fin de l'après-midi. Les marchands ont relevé leurs stores métalliques et les enfants rentrent de l'école. Une vieille femme assise sous sa véranda se frappe la tête avec un bâton en se parlant à elle-même. Plus loin, une grosse mama, poitrine à l'air, offre des plats cuisinés. Il flotte dans l'air une forte odeur de hareng fumé, de safran et de morue chaude. Ateba hâte le pas. Devant elle, l'horizon est déjà gris et, derrière elle, le soleil se couche au milieu de pépites d'or et de cuivre.

Un bruit de course. Ateba se retourne. Jean. Il

porte un tee-shirt noir, sur un pantalon bleu trop long faisant des plis au-dessus des sandales. Il s'approche d'elle, cherche ses yeux et lui prend tendrement la main.

« Voilà deux jours que je te guette, mon ange. Pourquoi ne m'as-tu pas rejoint dans ma chambre?

– Comment, tu ne sais pas?

– Moi? Savoir quoi? » Son regard fuit.

« Et si j'avais donné ton nom à ma tante? »

Le temps de prononcer ces mots, Jean vire au vert. Les yeux sur le front, le cœur emballé, il bafouille.

« Tu n'as pas... Tu ne vas pas... »

Déjà, il ne la regarde plus, il ne se regarde plus, il ne se reconnaît plus dans l'homme qui deux jours auparavant a juré de l'aimer contre pluies et vents, de l'aimer jusqu'à apporter les astres à ses pieds et de renier l'existence du noir. Il n'est plus qu'un amas de muscles écrasés sous la tension de la question qu'il n'arrive pas à formuler.

« Je ne vais pas... comme tu dis, murmure-t-elle.

– Tu es une chic fille », dit-il, soulagé. Il veut reprendre la main d'Ateba. Elle recule. Il laisse couler son bras le long de son corps. Il sait qu'il ne pourra plus relancer les cœurs, extirper un « oui » de cette bouche, l'exhorter à pactiser, à réintégrer son rôle. Il aurait pu disserter sur le sujet, faire la thèse, l'antithèse et la synthèse comme se tuaient à lui dire ses professeurs. Mais aujourd'hui, il ne peut pas, non seulement parce qu'il n'a jamais été fort en dissertation, mais aussi parce que, pour une fois, il a mal su mentir. Il ne demande plus qu'une chose : aller se réfugier dans sa chambre, à l'abri, hors de la lumière. Il tourne les talons.

La bouche scellée, Ateba le suit du regard jusqu'à

ce que la foule le mange. Soudain, elle n'a plus envie d'aller voir Irène.

Ateba reprend la rue en sens inverse. Ses pensées aussi. Ici, dans cette rue, Betty a vécu, c'est dans sa boue qu'elle s'est façonnée. Là, sous ce porche croulant, elle a laissé des mains peloter sa croupe. C'est ici que, hissée sur des talons aiguilles, elle a ouvert la main pour épouser son gain, indifférente au baiser d'adieu. Puis ses jambes libres se sont allongées pour s'évanouir dans le pantalon à venir. Et la rue n'a pas changé. Sa poussière, sa fange, ses maisons éventrées, ses magasins, ses poteaux, ses néons anémiques, ses visages vaguement connus. Au QG, le temps s'est oublié. Betty aussi.

Enfant, étendue sur son lit, les yeux grands ouverts, Ateba attendait Betty. Elle laissait décroître les bruits de la nuit et la lumière se diluer à travers les interstices. Alors, elle quittait sa chambre à petits pas, se coulant entre les meubles pour ne pas faire de bruit. Elle s'adossait ensuite à la porte, l'ouïe tendue, prête à intervenir en cas de besoin. Betty revenait ou ne revenait pas. Ateba l'attendait. Quand elle revenait, c'était toujours en titubant et à l'heure où la vie encore hésitante réapprenait à marcher. Ateba ouvrait ses bras pour l'accueillir et la conduisait jusqu'à sa chambre. Elle s'écroulait sur son lit, tout habillée, et s'endormait aussitôt. Elle se réveillait le lendemain les yeux cernés, la bouche pâteuse de trop d'alcool. Ateba lui préparait son café qu'elle buvait à petites gorgées et en lui jetant de temps à autre un regard furtif. Quand elle avait fini de boire, elle posait une question, toujours la même :

« Tu m'as acheté du pain ? »

Sans un mot, Ateba se levait, se dirigeait vers le

garde-manger et lui apportait un morceau de pain tartiné à la margarine. Betty mangeait d'abord la mie, ensuite elle rongeait la croûte, dédaignant la fine couche entre la croûte et la mie qu'elle éparpillait autour d'elle en riant. Elle parlait rarement de ses nuits. Elle choisissait d'oublier les mains qui l'avaient tripotée, les sexes qui l'avaient pénétrée. Son visage prenait, dans ces gestes du réveil, la pureté de la femme originelle. Ateba lui versait son bain.

Ateba marche lentement, pesamment. Il fait chaud. Elle n'est plus pressée. Personne ne l'attend. Rien ne l'attire. Certes, à l'autre bout de la rue, il y a toute sa vie au sens écorché : Ada, Jean, Yossep. Ils parlent la même langue, ils ne se comprennent pas. Le veulent-ils vraiment? Pour cela, il faudrait remonter l'histoire, faire des comptes, mettre de l'ordre, éclaircir. Pour l'instant, elle doit avoir suffisamment de force pour accepter ces zones obscures qu'ils jettent en elle; elle doit tenir, tenir le bon bout afin que sa main pétrisse et remodèle la matière qu'ils désignent. Toute la journée, elle prend soin d'eux. Elle lave, elle masse, elle rapièce. Mais Moi je savais que dans sa mémoire de femme où ne s'est pas assis l'homme, la femme sculpte le renouveau dans la lumière pour échapper au règlement de comptes intérieur.

Maintenant, Ateba voit la lumière suspendre sa danse et la nuit se solidifier autour de la vie. Certaines familles dînent, d'autres comptent les jours qui se passeront encore avant le prochain repas. Au loin, des enfants jouent et leurs cris déchirent sa mémoire, ravivant des souvenirs proches et pénibles. Si elle fermait les yeux, elle serait assaillie par des images où fusent d'autres cris. Lentement, elle se lève et, avec un rictus amer, regarde Ada et Yossep attablés dans le salon en veilleuse. Elle sait que ce soir, l'un sur l'autre, ils se chevaucheront. Ensemble, ils se laisseront happer par les lointains du désir... Ils s'enivreront de leur vide car l'ivresse du vide saoule autant que l'illusion du bonheur. Ils se réveilleront demain, chacun à part soi convaincu de faire de l'autre la personne la plus heureuse de la terre.

Elle a dit : « Mâ, puis-je aller me coucher ? » Elle demande toujours la permission avant de se retirer. « Tu m'as versé mon bain ? » Elle a dit oui. « Et celui de ton père ? » Elle a encore dit oui. Chaque soir elle remplit régulièrement les deux bassines pour le bain, Ada le sait pourtant. « Bien, tu peux bien y aller mais n'oublie pas de te réveiller très tôt demain. »

Elle a acquiescé, a souri en pivotant sur ses talons. Ils n'ont pas vu son regard méprisant, ils n'ont pas vu la haine déguiser son sourire, ils n'ont rien vu. Comme toujours. Elle s'est engagée dans le couloir. Jean est là si elle en juge par la lumière dans sa chambre. Puis elle entend le bruit de ses pas qui vont et viennent. Ces pas qui l'ont fait vibrer, rêver. Elle a appris son rythme, il est revenu dans ses rêves, ses fantasmes, il l'a happée, elle s'est laissé prendre... Elle l'a créé. Mais, ce soir, l'illusion anesthésiée cisèle dans des tours laids et froids un homme déchu, un dieu grotesque. Maillon d'une chaîne de culture sevrée, il se prélasse dans l'ombre d'un passé glorieux dont les cendres se refroidissent. Il sait qu'il n'y a plus rien à prendre, plus rien à transmettre, qu'il n'y a plus que le désordre de l'air ou du vent à ordonner. Pourtant, il plie l'échine, s'initie à la vie de la prison en donnant dans le piège des illusions faciles. Il dit que c'est la situation de l'espoir. Tout le monde dit cela au QG et regarde le passé à l'exclusion de tout le reste. Ateba ne parlera pas de lui à Irène. Que lui dirait-elle? Qu'elle l'a rêvé au premier mot, qu'il l'a déçue au premier acte? Quelle banalité! Elle trouverait bien quelque chose d'autre à lui raconter. Quelque chose de plus relevé, un peu de piment, quoi! Elle y pensera demain. Demain est un autre jour. Demain, c'est encore loin.

Elle ouvre la porte de sa chambre. L'odeur de renfermé, d'urine et de moisissure la prend au nez. Elle se promet que demain elle nettoiera tout. Elle se promet toujours de nettoyer le lendemain. Et les demains passent. Ses gestes, ses mouvements, la routine, elle oublie. Les odeurs restent. Elle allume, ôte ses vêtements et s'allonge sur son lit. Les yeux grands ouverts, elle écoute les bruits de la nuit puis, peu à peu, elle les laisse se diluer dans les zones lointaines de la vie. Une fois ordonné le désordre dans sa tête, la nuit est tombée sur ses paupières.

Lorsqu'elle ouvre les yeux, le coq a déjà chanté une première fois mais l'aube est encore loin. Elle se lève, ramasse son pagne, l'enroule autour de ses reins et quitte sa chambre.

La rue est presque déserte. Quelques noceurs passent en chantant à tue-tête. Un chien aboie, d'autres répondent. Cette rue d'avant le jour, Ateba la connaît, elle la déteste, pourtant elle ne la quitterait pour rien au monde. Elle ne mène nulle part ailleurs qu'au pied du poteau où Ateba s'adosse. Elle est morne comme toutes ces rues aux chemins oubliés et, comme elles, pue l'agonie. Pendant la guerre civile, les maquisards se réunissaient sous ce poteau et leurs ombres y sont restées. Ateba a interrogé les vieux qugétistes sur la vie quotidienne durant la guerre, s'efforçant de découvrir dans les méandres du passé les causes de la décrépitude. Elle n'a trouvé aucune explication. Rien qui puisse guider ses pas, rien que du vide comme si passé et présent s'étaient fondus et figés dans une forme définitive : la mort.

Combien de fois sous ce poteau n'avait-elle pas essayé de reconstruire le QG à sa façon? Un pagne enroulé autour de la taille, tête et pieds nus, elle voyageait dans un QG édifié sous un climat plus clément. Avec l'habileté d'un artiste, elle s'acharnait à lui attribuer des caractéristiques propres à certaines cités dont la beauté la narguait sur des cartes postales. Quelquefois ses visions étaient si précises et si réelles qu'une puissante vague de bonheur l'assaillait : Ateba Léocadie, alors, se laissait emporter. Elle ne se reconnaissait plus, elle s'épanouissait sur une ligne infinie de pensées inconnues, de sentiments insoupçonnés, d'expériences inédites. Elle riait, chantait, pleurait sans transition, comme si les barrages de raisonnement que l'homme s'est édifiés étaient pures illusions.

Un bruit de pas. Ateba lève la tête et croise le regard de Jean. Gênée, elle défroisse son pagne, remet en place une mèche qui lui tombe sur les yeux, humecte ses lèvres, puis se tient droite, les pieds bien à plat comme le faisait Grand-Maman dans des situations hautement conflictuelles.

« Salut ! Je n'arrivais pas à dormir alors je suis sorti prendre un peu l'air. »

Et ensuite ? C'est tout ? Pas de réflexion ? Pas de pensée ? Le vide ? Il ne se souvient de rien, il ne veut pas se souvenir, comme l'ensemble des qugétistes, la vie a cessé d'être intime, personnelle... Les réactions aussi.

Ce matin, je suis arrivé à mon boulot avec plusieurs minutes d'avance. Le patron n'était pas là. Je suis entré dans l'atelier. J'ai mis la machine en route. J'ai bossé comme un dingue. Quand il est arrivé, j'avais presque fait à moi seul le boulot de dix hommes. Il m'a dit que j'étais un bon ouvrier, que bientôt j'aurais de l'avancement. Il est entré dans son bureau, il est ressorti quelques minutes plus tard et il m'a demandé si j'avais vu la tronçon-

neuse. J'ai dit non. Que je ne l'avais pas vue. Il m'a dit que j'étais seul et que personne d'autre en dehors de moi ne pouvait l'avoir prise. Alors, j'ai lâché mon boulot et ensemble on l'a cherchée. En vain. Alors, il m'a dit qu'il était désolé mais qu'il se voyait dans l'obligation de prévenir la police. Et elle est venue, elle m'a emmené, elle m'a fouillé, elle a relevé mon nom, mon adresse et elle m'a demandé de me tenir à la disposition de la justice.

Et après? Quels gestes? Quelles réactions? Quelles défenses? ou quelles révoltes? Les qugétistes n'en parlent jamais! A vrai dire, ils n'en ont pas. Seules comptent les paroles des autres : patrons, flics, coutumes. Abolies les sensations personnelles! Et le temps passe grenu, dur, obstruant les gorges et les yeux. Mais les qugétistes, avec cet héritage des pauvres qu'est la patience, attendent toujours que d'autres accomplissent pour eux leur destin d'homme.

Ateba enrage. Ils l'emmerdent avec leurs histoires inachevées, leurs courbettes, leur inertie. Elle préfère les cris qui se lèvent d'un ventre, les hurlements qui ébranlent la vie et accouchent des sangs, ce souffle sismique qui répare les erreurs de la nature et ramène l'homme au seuil de l'éternité.

« Maudite! Putain! Ingrate! » Des mots, du vent comme les qugétistes, sans présence, sans consistance, des mots pour emplir le vide du désespoir, des hommes pour combler les lacunes de l'humanité et la perpétuer. Elle en a marre! Ras le bol de tous ces gestes en moins, toujours quelque chose en moins, pour rien.

« Tu ne dis rien. » C'est Jean. Perdue dans ses réflexions, elle l'avait presque oublié. Il scrute son visage, il tend une main, il caresse une joue, l'aile d'un nez. Elle répond par un sourire, un sourire pour ne rien dire, un sourire las, de ceux qu'on ébauche pour se donner le droit de ne pas répondre. Voyant dans ces lèvres à peine relevées un signe d'encouragement, il lui prend la main et se fait un regard langoureux. Il dit qu'il est désolé pour ce matin. Il dit qu'il l'aime infiniment mais qu'il ne pouvait pas agir autrement. Il dit qu'ils pourraient s'entendre si elle le voulait.

Le verbe est beau. Et vain. Elle ne le comprend plus, elle ne l'entend plus, elle ne le voit plus. Elle est seulement sensible à l'image de l'homme se fracassant dans son cerveau à mesure que les mots tombent de ses lèvres. Elle lui pardonne? Bien sûr qu'elle lui pardonne. Que ferait-elle sinon? Elle irait à travers vents, elle planerait sur le monde, ce monde qu'elle aime tant, elle lui cracherait son dégoût. Ses siestes se raccourciraient, son épée rougirait et l'homme grimperait les marches du savoir pour aimer la femme. Ateba hoche plusieurs fois la tête pour bien lui signifier qu'il a son pardon. Elle bâille et fait mine de s'en aller. Il la retient.

« On peut tout recommencer, n'est-ce pas?
– Lâche-moi! Tu me fais mal.
– Excuse-moi. Puis-je espérer que...
– Non!
– Pourquoi? »

Elle explose alors.

« Parce que tu m'as déçue. Je te croyais combatif, intransigeant. Je me rends compte que je m'étais bâti un mythe. Tu n'es qu'une larve. »

Il n'a pas cherché à la retenir. Au moment de

s'engouffrer dans le noir, elle s'est retournée et l'a vu planté au milieu du chemin, la culotte baissée, il pisse. Il observe l'arc dessiné par son urine. Il la surveille du coin de l'œil, cambre les reins pour que le dernier jet aille plus loin. Ateba a éclaté de rire.

L'aube frissonnant à sa fenêtre a apporté le jour à ses yeux. Les autres, tous les autres, ont repris leur train quotidien dans la gare de leur ennui et, de la sorte, ils donnent l'illusion de la vie. Elle est seule dans la naissance du jour à penser que la lumière tarde à venir et que, pour l'instant, ils prennent de l'ombre, cette ombre qui se découpe à ses yeux, étale à l'infini. Mais Moi je l'ai vue... J'ai vu son regard se plonger dans la vague du temps d'où elle a amorcé un geste de départ. J'ai vu ces yeux de femme qui sauront ne plus jamais reculer, mais seulement avancer, marcher, courir vers la lumière.

Elle a avancé jusqu'à buter contre l'obstacle de la table de chevet et sa main a rencontré un stylo et une feuille de papier où elle a inscrit en capitales trois phrases qu'elle a soulignées d'un trait rouge.

RÈGLE Nº 1 RETROUVER LA FEMME.
RÈGLE Nº 2 RETROUVER LA FEMME.
RÈGLE Nº 3 RETROUVER LA FEMME ET ANÉANTIR LE CHAOS.

Elle a punaisé la feuille au-dessus de la table. Elle est heureuse. Toutes ses angoisses se trouvent balisées dans ces mots et serties en lettres d'or dans sa mémoire. Désormais, elle saura comment juguler les contradictions de ce monde.

Vaisselle. Repassage. Repas. La routine, la mort en quelque sorte. Elle a accompli ces gestes sans s'encombrer de mots, suspendue dans une paisible vacuité. Une matinée sans heures, avec le cinéma d'un autre monde sous les yeux.

Il est près de midi lorsqu'elle relève la tête, échevelée, les yeux cernés par la fatigue, et qu'elle s'étire devant la glace. Elle a le dos tout engourdi. Impossible de contredire la douleur. Lentement, une main sur les reins, elle se dirige vers sa chambre.

Autrefois, Betty se plaignait du dos. Elle s'allongeait à plat ventre sur une natte, une main en conque sur le sexe. Elle fermait les yeux et disait : « J'ai mal au dos. » Ateba s'approchait, s'agenouillait auprès d'elle, roulait son pagne jusqu'à la limite des fesses. D'abord, ce n'étaient que des effleurements comme si elle voulait réapprendre et reconnaître des sensations. Elle sentait ses muscles et la chaleur de sa peau, la peau de sa mère, tendre et déjà humide. Ensuite, elle la caressait, lentement, du bas vers le haut, s'attardant sur les points sensibles. Betty fermait les yeux, son visage se tendait, Ateba voulait qu'elle se décontracte, qu'elle se laisse emporter, elle la massait de plus en plus vite, de plus en plus fort, épiant sur ses traits la progression du plaisir.

« C'est bon ? Tu aimes ? »

Betty ne répondait pas, Ateba s'accommodait de

son silence et l'imputait au plaisir. Elle activait ses gestes, elle était heureuse, elle était la meilleure des filles, elle aidait sa mère, elle la soulageait, elle se soulageait, pour elle, pour elles. Betty soupirait. Sous les aiguillons de la volupté, les muscles cédaient, se ramollissaient, s'alanguissaient. Et Ateba jouissait de les palper, de les malaxer, de masser ce corps de femme qui était passé sous tant d'autres mains. Elle la massait pour des millions d'hommes et rien qu'elle, ses mains, ses millions de mains rien que pour elle... Betty... Betty... Son prénom résonnait dans sa tête. Elle voulait lui dire : « Betty, je t'aime. »

Mais les mots ne venaient pas, ils n'étaient jamais là quand elle leur demandait de venir. Ils bloquaient la vie dans une sorte de silence moite que Betty rompait quand elle était encline aux confidences. Betty disait alors :

« L'homme avec qui je suis sortie hier soir a un mauvais sang. »

Pas d'autre explication, pas d'autres mots, rien, comme si la seule force qui lui restait s'était épuisée dans ces paroles.

Alors, Ateba réfléchissait, défalquait et arrivait à la déduction que ce « mauvais sang » correspondait à la saleté et aux miasmes qu'ils déversaient dans le corps de sa mère. Elle aurait voulu s'introduire en elle, afin de purifier chaque veine, chaque artère, du mauvais sang, leur sang qu'ils déversaient en elle pour se décrasser. Elle aurait voulu les battre, les broyer, les mordre, les mutiler, au lieu de cela, elle restait là, à regarder son impuissance qu'elle recouvrait de caresses.

Betty ne s'était jamais aperçue que ces mots bouleversaient son enfant. Les yeux fermés, elle continuait de jouir du bonheur que lui procuraient les mains. Ateba, dissimulant les sentiments qui l'animaient, lui demandait alors si elle allait mieux, si elle avait moins mal. Betty acquiesçait d'un sourire, d'un regard. Ateba ne se relevait pas tout de suite. Durant de longues minutes, elle gardait ses mains sur le dos qu'elle venait de masser, elle observait le corps apaisé, amolli dans sa demi-nudité, elle regardait les paupières de sa mère se refermer lentement. Elle aimait ces paupières que la fatigue alourdissait, elle les contemplait pour elle, rien que pour elle, sans les autres, ceux qui se retiraient toujours trop vite pour rejoindre leur épouse, ceux qui terminaient sur une giclée et s'empressaient d'enfiler leur pantalon. Elle était heureuse de penser qu'ils n'avaient pas d'yeux, qu'ils partaient trop tôt, qu'ils ne voyaient pas la lune déserter la terre. Ateba Léocadie prenait sa revanche. Elle regardait. Ses paupières closes. Son nez. Sa bouche. Elles avaient la même bouche charnue, la même lèvre inférieure très ourlée. Elle regardait son cou où luisait la chaîne en or. Quand elle était sûre que Betty dormait vraiment, elle la recouvrait et la quittait en effaçant ses bruits pour ne pas la déranger, pour ne pas interrompre son ailleurs.

Elle est vraiment claquée en ce début d'après-midi, somnolente dans le brasier de la tôle ondulée, les odeurs de sa chambre. Elle a l'impression d'avoir des cailloux dans la tête et dans le dos. Elle se dit que dehors elle sera mieux. Elle s'est levée et elle a marché péniblement vers la rue. Le QG grésille dans le silence. L'air a quelque chose d'oppressant. Au loin, dans la limpidité du ciel, un vautour patrouille et forme une tache noire et mouvante. Ateba, une main sur la hanche, s'accorde une pause à l'ombre d'un toit pour souffler un peu.

Soudain, elle entend un coup de sifflet, puis une détonation suivie d'une galopade. Des soldats, mitraillette au poing, débouchent de partout, cernent la rue, pénètrent dans les maisons.

« Que personne ne bouge ! Vérification de papiers ! »

Elle a senti la terre se dérober sous ses pieds. Un soldat l'avait saisie au collet et projetée nez contre terre. Des centaines d'hommes, de femmes et d'enfants, tenus en joue par les flics, l'ont rejointe. De partout, les ordres fusent, on les fouille, on réclame les cartes d'identité et de vote, on frappe. Près des qugétistes couchés pour long-

92

temps, elle a vu des femmes pleurer, des enfants hurler de peur.

Là-bas dans les maisons vidées de leurs habitants, les soldats embarquent les radios-cassettes, les tourne-disques, les frigos.

Que faire? Lever les yeux au ciel et implorer la pitié? Courir jusqu'à ce qu'une balle arrête la fuite? S'écraser dans la poussière pour se retrouver? Ce n'est pas la guerre, mais l'ange de la paix s'est oublié.

Il y a encore d'autres peurs, d'autres cris, d'autres sangs que seules ses larmes pourront laver. Il y aura aussi d'autres consolations, d'autres beautés, la beauté comme le rire évanoui de la femme, le rire sans fin, étendu dans toujours.

Un coup de crosse dans les côtes. Douleur fulgurante. Elle se retient de hurler. Elle lève les yeux sur le soldat. Grand avec des biceps comme des bûches et des jambes comme des poutres. Il suinte la violence, le crime, son visage fermé ne semble pas avoir souvent ri. Aux épaulettes rouges, elle a compris que le kaki était caporal-chef.

« Tes papiers!

– C'est à la maison, monsieur... Je ne savais pas.

– Suis-moi! » La peur dans l'âme, elle l'a suivi. Il l'a conduite dans un hangar désaffecté. Moi, tout à coup, je ne me sens pas dans mon assiette. Je bouge, je gesticule. L'homme est de cette mort animée qui a l'habitude de tout toucher, de tout déplacer et de tout ranger à sa guise. Je le vois se dresser devant la femme, lui barrer le passage pour prendre don d'elle. Il s'approche, il sourit, il veut la préparer, il veut que dans la mémoire de la femme, flotte l'homme pour toujours. Je baisse les yeux. Je sais qu'il est impossible d'échapper aux noces présentes.

Je ne veux pas les voir mais leur image m'assaille comme la nuée de mille vautours affamés. Je me débats, ils me dépècent. Je deviens la sorcière démente qui se fracasse aux rocs des nuages. Je tourne la tête au ciel tout en laissant tomber mes yeux à l'horizontale comme un plomb. Je hurle mon dégoût, Ateba coule dans ses bras, le divorce du corps et du corps doit être consommé, debout, l'âme pute! Laisse-toi couler dans ses bras, Ateba. Fais pas la grimace lorsqu'il t'embrasse sur la bouche. Dégage-toi gentiment, souris et parle-lui. Vante sa beauté et son intelligence. Maudis les mauvais citoyens qui l'obligent à travailler alors qu'il serait si bien chez lui. Fais lever en lui les mots, les mots du mensonge – les hommes n'aiment que cela – afin qu'il oublie sa chair dressée. Et le kaki parle. Et, tout le temps qu'il parle, elle le regarde parler. Elle n'écoute plus, qu'il parle encore. Il devient son amant en paroles, il énonce ses fesses, ses seins, ses aisselles. Il ferme les yeux, il retourne à d'autres noces, à d'autres corps, à d'autres douceurs. Il raconte des images, des images qui le brisent, le harcèlent et le jettent haletant sur son lit, le corps tendu, halluciné par trop de bonheur. Et tandis qu'il rêve aux vertiges, à l'éblouissement du triangle de vie, l'homme livré à la cruauté, avide de pouvoir et de sang, allume ses cierges à la mort.

Elle s'est jetée dans le soleil après avoir donné au « sergent » son minimum de respect. Elle a marché droit devant elle, décidée de mettre le plus de distance possible entre elle et les autres. De fenêtre en fenêtre, plaintes et gémissements lui parviennent, lointains, amortis par le choc de son désespoir.

Tant bien que mal, plutôt mal que bien, elle a chaloupé jusque chez Irène au dernier poteau. Ici, personne n'a été inquiété à cause de la situation hautement stratégique du quartier. La rue mène d'un côté à l'aéroport et de l'autre à la Présidence. Pour ne pas provoquer d'incidents diplomatiques ou journalistiques, les qugétistes ici sont traités avec beaucoup d'égards. Le gouvernement veille à ce que les fouteurs de merde étrangers n'aillent pas raconter de sornettes chez eux. Pour cela, on a goudronné la rue sur trois cents mètres, on a peint toutes les maisons en bleu et on a interdit le petit commerce sur le trottoir. Les qugétistes, au début, étaient drôlement contents de ces mesures. Ils les appelaient « hygiène publique » et, durant de longues années, armés de leur patience hilare, ils ont attendu que l' « hygiène publique » touche le cœur même du QG. Et, pendant longtemps, ça a été la course au terrain et l'excitation qui en découle. Partout, ça spéculait. Chaque bâtisse de tôle, chaque parcelle de terrain, chaque dépotoir, chaque once de boue était sujet à spéculation. On en a même vu qui proposaient à leurs voisins d'acheter leurs W-C, convaincus que d'ici peu le QG serait l'un des plus beaux quartiers d'Awu. Mais le temps a coulé. Ils sont toujours là, prisonniers ambulants attachés à leurs crasses, leurs lopins de terre sur les bras, économisant sur tout, envieux des Blancs qui claquent du fric dans les hôtels. Ils ne vous avoueront jamais qu'ils n'attendent plus.

Tous ont déserté leurs champs au village avec juste assez d'argent pour payer le train et venir au pays de la culture et de la civilisation, pour manger et boire du « civilisé » en attendant que la civilisation les mange. Et ils arrivent là, jeunes loups aux abois, déracinés volontaires accrochés à leur concentré d'illusion, ils arrivent là pour découvrir que d'autres encore plus avides du « civilisé » qu'eux, ont déjà pris possession de tout. Ils découvrent stupéfaits que le sol qu'ils foulent n'est pas plus à eux que leur cabane. Que même leur papier toilette habituel, feuillage, plantes sauvages, appartient à quelqu'un d'autre. Aux riches familles de la ville, aux de Kade, de Wande, de Kondo, d'Ekani... Tous ces nobles depuis peu, ces « sixteen blacks » qu'on croise dans les hôtels, suintant la convoitise dans leurs costumes trois-pièces.

Mais, les autres, les ougétistes, tout autant chasseurs du « civilisé » que les possédants, croupissent dans des maisons infestées de bestioles, convaincus que leurs morceaux de tôle sont de mini-Versailles et leurs seaux en plastique le dernier cri de la technologie de pointe. Ils ne rentreront plus chez eux, ils attendront là, crevant la dalle avec des accès de fièvres nostalgiques et des diarrhées progressistes, se liquéfiant dans la crasse comme un morceau de chocolat au soleil. Bien sûr leurs enfants tètent du « civilisé » et arrivent même à fabriquer des ballons avec des pneus, mais les parents, eux, ne savent plus rien.

La chambre d'Irène ressemble à un bazar. Par terre, il y a des magazines féminins, des bandes dessinées, des rideaux qui dégringolent partout sauf sur les deux petites fenêtres qui ouvrent leurs gueules ferraillées comme des pièges à rats. Au fond, dans une housse en plastique rose saumon grande ouverte trônent vêtements et casseroles en prévision d'un hypothétique départ; un canapé de skaï, noir de crasse, occupe toute la longueur d'un mur. En dessous, grouillent souris et cafards. Sur le mur est cloué une pseudo-Marilyn Monroe, aux cuisses libres, et qui se fend généreusement la poire, exhibant de petites dents écartées, comme les pointes d'un crâne brisé. Irène est assise sur une chaise bancale, cigarette au bec, son éternel Coca-Cola entre les jambes.

Dès qu'elle la voit, elle quitte son siège, lui colle un baiser sonore sur la joue avant de l'entraîner au salon. Elle se coule dans un fauteuil en retroussant son pagne très haut sur les cuisses.

« Alors?

– Alors quoi, Irène?

– L'œuf... Raconte.

– Bof! Rien d'intéressant. Toi, dis plutôt.

97

– J'ai levé quelqu'un hier soir. »

Et, sur un sourire extasié, elle poursuit : « Un kruma. Genre bedonnant, plein de taches et de fric. »

Elle allume une autre cigarette, en aspire une bouffée avant de continuer : « Je l'ai rencontré au port. Il m'a invitée chez les Chinetoques. On s'est payé des nems, du riz et des beignets de crevettes. J'en salive encore rien qu'à y penser. Il voulait qu'on termine la soirée ensemble. Il m'a emmenée au Sainte. Il y avait foule, et le mec dansait comme un pied. Les Blancs, tu sais, c'est pas la gloire pour danser. Et chiant avec ça, gâ. Il n'a pas arrêté de me triturer de la soirée et de dire que j'étais belle et que je lui plaisais et allez-y les violons. Tu vois le truc ? »

Moi, je savais que derrière les oreilles ouvertes, les yeux voyaient. Ils la voyaient blonde, déesse au sourire menteur, hissée sur dix centimètres de talons. Ils la voyaient, perdue dans ce bar profond et obscur, sa bouche languide après des lèvres qui la dégoûtent, et ses mains, si empressées à empocher leur dû. Ils la voyaient, ange à l'âme tricheuse, courant après la braguette ennuyeuse, reluquant chaque franc que l'homme sort. Ils la voyaient, femme, buvant et dansant, buvant et dansant encore pour oublier ce corps qui à l'aube laissera son corps au fleuve du désir. Ils la voyaient, ombre à la démarche sournoise et menaçante, se profilant derrière la femme alourdie par la prochaine maternité ; derrière la petite qui se tâte constamment les seins pour surprendre la petite boule qui annoncerait le début de sa féminité ; derrière la jeune fille assise au coin du feu qui attend sagement que d'autres décident de son destin de femme. Ils la voyaient, et ils aimaient la diversité de ses formes.

« Tu le revois ce soir?

— T'es malade ou quoi? Revoir un type pareil? Jamais de la vie! Attends que je te dise la suite. Il m'a emmenée chez lui. On s'est lavés. Monsieur me demande de sucer son truc. Je refuse. T'aurais vu ça, tu m'aurais donné raison. Le truc tout petit et tout rouge. Il n'insiste pas. Total : il me jette sur le lit, il fonce sur moi, il se frotte, il me caresse les seins, le ventre, le clitoris. "Je veux te donner du plaisir", qu'il dit en me bavant dessus. Et moi je le regarde comme ça d'un œil tout retourné comme si j'étais déjà partie. Lui voit ça, il fonce et hop hop. Je pense que Monsieur a fini et qu'il va me foutre la paix. Mon œil! Et ça recommence et moi de pousser des cris pour ne pas être vache, et lui de foncer encore et encore jusqu'au matin. Je suis crevée, achève-t-elle en bâillant et en s'étirant. Je dormirais bien deux jours d'affilée. »

Dormir. Ateba relève la tête et regarde son amie. Elle ne plaidera pas pour les cernes autour de ses yeux, pour la bouche chiffonnée comme une fleur fanée, pour ce quelque chose d'irrémédiablement alambiqué qui, en même temps que les mots, achève de la reléguer dans les tréfonds de l'enfer. Ce soir, Irène sortira. Une autre vie, un autre cycle, un autre cirque. Irène se perdra pour l'homme et se réincarnera. Fille de ministre ici, fille d'ambassadeur là, fille d'avocat et cousine du président de la République là-bas. A chaque aube une nouvelle tenue et l'identité sans cesse perdue et renouvelée à l'intérieur d'un élément invariable : le malheur. Et l'homme écoutera. Il chialera sur les malheurs d'Irène tout en lui ébouriffant les cheveux. Mais, quand il se mouchera, il dira : « Que Dieu est juste et bon! Ses malheurs soulagent mes peines. »

« Tu ne me parais pas très en forme. Tes amours?

– Ne t'en fais pas pour moi », dit Ateba en souriant. Elle lui lance un clin d'œil puis : « C'est toi qui as vraiment mauvaise mine.

– Mes règles ne sont toujours pas là. Je commence à m'inquiéter sérieusement.

– Ne dramatise pas. On peut avoir un retard. C'est normal. Ça arrive. Le cycle d'une femme varie.

– Tu crois?

– Je ne crois pas, je le sais. D'ailleurs, les choses ont pas mal évolué. Si problème il y a, on pourra toujours se débrouiller. Maintenant il faut que je te quitte. J'ai du boulot.

– Attends... dit-elle en tendant la main vers Ateba.

– Je voudrais que tu restes. Je me sens si seule... »

Leurs mains se sont croisées dans une longue étreinte. Celle d'Irène était chaude et terriblement vivante. Celle d'Ateba tremblait dans son désir de rassurer Irène, de lui montrer qu'elle n'était pas seule, qu'elle avait Ateba Léocadie là et partout ailleurs, qu'elle ne devait plus jamais ni pleurer ni se sentir seule. Savait-elle que le mépris dont on enveloppait son métier noyait les yeux dans l'hypocrisie? Elle voulait lui dire qu'elle n'avait pas à s'en faire pour le mariage et les enfants... C'était peu de chose comparé à l'image de la femme hissée sur le voile, acharnée à trouver la lumière pour combler le Rien... Elle aurait aimé... Elle aurait aimé... Mais elle n'a rien dit à cause des mots qui restaient collés à ses lèvres. Elle s'est contentée de serrer très fort la main dans la sienne, d'écouter cette vague de tendresse colorée, brutale, l'envahir et l'entraîner vers des zones de bonheur tragiques. Quand leurs mains se sont séparées, elle a vu qu'Irène avait les yeux secs.

Elle l'a quittée très vite pour retrouver Betty, la femme, l'absente, celle qu'elle cherche en vain depuis si longtemps mais qu'elle ne croisera sans doute pas demain au coin d'une rue. C'est elle, la femme présente dans sa voix, dans ses yeux et ses pas.

Enfant, Ateba admirait Betty. Le corps était beau. L'âme impure. Mais elle l'aimait. Elle l'aimait pour toutes ses impuretés. Elle pensait : « Quand je serai grande, elle m'apprendra l'art de me déguiser et de creuser le puits du vertige. » Mais le temps passait. Betty rôdait dans la rue, hurlant son dégoût d'abriter dans ses seins l'aube d'un cri. Elle jouait avec des fleurs pour tromper la vie et retrouver la lumière. Elle buvait, elle se purgeait, elle vomissait. Et la vie ne désancrait pas. Alors, elle disait : « Il faut qu'il passe ! Il faut qu'il passe ! Je ne veux plus ! Je n'en peux plus ! Je ne peux pas le nourrir. » De nouveau, elle buvait, elle se purgeait, elle vomissait mais la vie s'accrochait. Elle recommençait encore et encore jusqu'au moment où elle constatait que le ventre lui mangeait ses forces. Elle disait enfin : « Si je ne fais pas attention, c'est moi qui vais y passer. » Mais la mort aimait les Noëls de Betty, les petits Noëls vivants aux trop grands yeux, aux lèvres fripées. Elle les laissait faire trois petits tours et puis s'en vont, et les prenait. Elle n'avait épargné qu'Ateba.

Combien de fois Betty a-t-elle donné Noël ? Ateba ne le sait plus. Elle ne veut plus le savoir. Voilà dix ans qu'elle n'a plus de nouvelles de Betty. Dix ans pendant lesquels la vie assiégée par la vie se serait broyée grain par grain.

Ateba regagne la maison en remontant la rue poussiéreuse. Les flics sont partis avec leurs camions bondés des vies qui ne seront plus. Les autres, ceux qui ont pu rester, gardent encore leurs chairs suspendues derrière le rideau de la peur. Pour l'instant il n'y a personne dans les rues. Ni chien ni chat. Rien que la poussière et le soleil en crépuscule à travers les manguiers. Et ses pas qui claquent, rythment la cadence de ses hanches, pour combler le vide de ce qui est, et oublier... Et elle marche dans le vide exquis de ses pas jusqu'à la maison.

Lorsqu'elle arrive, elle trouve Ada assise en face de Yossep dans le salon. Ils parlent fort. Une histoire de cul qui ne s'est pas posé au bon endroit. Ada semble souvent oublier « qu'un trou est un trou et que tous les trous se ressemblent ». Elle est là, l'épouse bafouée, à craquer sa rancœur, à en faire trembler de trouille toute une cité. Ça tombe très mal cette scène. Ateba n'a guère le cœur à écouter leurs sornettes. Sans attirer l'attention, elle se glisse vers sa chambre et s'affale sur son lit. Elle n'écoute que d'une oreille les cris provenant du salon. Que lui importent les saloperies de Yossep? Lui et les autres connards de son espèce, que sont-ils pour elle aujourd'hui? Elle devrait leur apprendre à se déguiser en femme, à courir dans le jour, à se laisser porter par l'élan de vie, à se couper de leurs repères pour connaître l'irréel. Mais l'homme ne comprendra pas, il ne peut pas comprendre, inculte, il restera muet à la parole. Qu'Ada le foute dehors. L'ange de la paix viendra.

Cinq minutes, dix minutes? Elle ne saurait déterminer le temps écoulé. Sa vie s'est suspendue dans le plaisir de reconstituer des images lumineuses du passé. Abolis les distances, les lieux, le temps. Betty, Irène... Tout se mêle. Odeurs. Voix. Corps. Et la danse démente de ses sens, et les soubresauts du corps sous la pression des doigts, et ses cris brisés qui la soulèvent au paroxysme de l'orgasme.

On tambourine à la porte.

« Viens m'aider, Ateba, il me tue. Il m'a tuée... Je n'en peux plus. »

Les jambes flageolantes, Ateba se lève et ouvre la porte. Ada est là, les yeux éteints derrière le boursouflement excessif du visage. Elle se jette dans ses bras en gémissant.

« Tu te rends compte... Me faire une chose pareille! »

Ateba lui tapote gentiment les épaules. Moi, je savais qu'elle s'en rendait compte et qu'elle souffrait de voir la douleur irradier la femme. Je savais que ses yeux prenaient les yeux couleur de nuit sans étoiles et que les larmes lavaient la faute. Je savais que ce n'était pas le cœur noir d'Ateba qui parlait mais les astres là-haut qui trouaient le ciel pour pleurer l'abandon de la femme et meurtrissaient ses chairs de douleurs prodiguées par le génie de l'homme. Je savais qu'ils lacéraient la peau offerte à des noces indignes. Je savais... Je savais... je ne pouvais rien dire. Je ne pouvais que hurler ma douleur car personne ne frappait à ma tombe pour me demander mon avis. Je quittai la maison. Je regardai le ciel, rien que le ciel. J'évoquai les chagrins idiots, les ambitions idiotes et les plaisirs éphémères... J'apprenais que le bonheur était fils de la tristesse. Un peu rassurée, je retournai à Ateba. Elle sursaute quand elle me sent dans son temps. Je veux l'embrasser là et tout de suite. J'hésite. J'ai peur. Depuis quand les esprits ont-ils peur? Je ne sais plus. Je sais qu'il ne faut pas. J'ai peur de m'enfermer dans son baiser. Sans un geste et presque sans mot, Ateba dit que la femme devrait arrêter de faire l'idiote, qu'elle devrait oublier l'homme et évoluer désormais dans trois vérités, trois certitudes, trois résolutions. Je les connaissais : revendiquer la lumière, retrouver la femme et abandonner l'homme aux incuries humaines... Était-ce ce que je voulais ? Même les esprits ont des doutes. Je doutais.

Ateba l'a lavée, elle l'a massée, elle a pansé ses blessures et, maintenant, elle la regarde siroter la tisane qu'elle lui a préparée. De temps à autre, leurs regards se croisent par-dessus la tasse ornée de danseuses à la chair lascive. Avec ses yeux bouffis, Ada a l'air de loucher. Elle ne lui dit rien, elle ne lui explique rien, et comme d'habitude Ateba devine à sa mine d'épouse délaissée que Yossep est à la rue, qu'il ne reviendra pas. Cette découverte l'emplit de joie.

Jour faste! Jour prospère! Des plages et des plages d'heures et de jours, étendus à l'infini, sans homme. Jour prodigieux : Ateba n'a rien à faire sinon se perdre en des visions de bonheur et de félicité poétique. Jour lumineux, crépuscule sans homme. Crier. Danser. Chanter. Elle verserait bien une autre tasse de tisane à Ada pour la remercier. Elle l'embrasserait volontiers sur la bouche et cette fois elle oublierait son mouchoir.

Mais Ateba Léocadie ne bouge pas. Elle reste clouée sur son siège en face d'Ada, avec la table basse entre elles. Elle la regarde tout simplement comme si elle avait confié au silence le soin d'accomplir ces gestes et d'emplir le mot. Lorsque Ada éclate de nouveau en sanglots, elle sent une vague de plaisir la transporter, à tel point qu'elle en oublie de fermer la bouche. Qu'elle pleure, qu'elle pleure, Ateba Léocadie s'en fiche pas mal. Elle est là, elle est la femme. Demain les larmes passeront, elle apprendra à se passer de l'homme. Ada n'est plus Ada, mais la Femme est très belle malgré les bosses et les ecchymoses qui la font ressembler à un corossol... Sacrément belle du bonheur qu'elle apporte à Ateba Léocadie. Ce soir, elle l'aime, elle veut l'aimer juste ce soir car demain... Quoi? Il n'y aura pas de demain des hommes. Il y aura leur demain, un demain qui sera un mythe dans l'histoire de l'humanité. Tout sera lisse, transparent, et Ateba refusera d'écouter quand Ada dira : « Il faut un homme à la maison. » Elle sait qu'Ada dit toujours cela entre deux pères. Mais ce soir elle veut croire qu'il en sera autrement, elle la transformera en héroïne virtuelle d'aventures mystérieuses, elle recouvrira ses chairs de perles invisibles. Betty reviendra. Elles vivront toutes les deux. Elle rectifie : toutes les trois.

Betty aussi pensait qu'une maison ne pouvait vivre en l'absence de l'autre. Elle soutenait qu'une femme pouvait faire ce qu'elle voulait mais à condition d'avoir un homme sur qui elle pouvait compter. « Un titulaire », selon ses dires. Ateba se souvient du dernier. Un béré qui ratissait zéro. Il s'appelait Manga. Il était caporal et restait caporal à force de boire ses possibilités de promotion. Il venait deux fois par semaine : le lundi et le vendredi. Et durant ces heures qui précédaient son arrivée, Betty devenait presque une fesse coutumière. Elle lavait, elle nettoyait, elle cuisinait. Ateba la regardait s'agiter sans ciller. Quelquefois, elle l'aidait, et sentait sourdre en elle une souffrance dévastatrice qu'elle jugeait légitime et qui quelquefois la transportait à la cuvette des W-C. Elle vomissait, elle pleurait, elle labourait le mur de ses ongles, ou elle chantait. Elle chantait, haut et fort, des mélodies qu'elle inventait, avec des mots en pièces détachées et en rimes. Sa Betty... Sa mère... Elle l'aimait mieux avec ses cernes des nuits des autres, les transitoires. Quand arrivait la nuit, cette obscurité redoutée qui inexorablement amenait l'heure des chevauchements, Ateba se cachait dans la pénombre, guettant des mots qui la plongeaient dans une ivresse douloureuse d'où elle ne s'extirpait que le lendemain matin, béate d'admiration quant à l'étendue de sa peine et sa capacité à éprouver des sentiments aussi purs et profonds, constatation qui épiçait agréablement les longues nuits qu'elle passait les yeux grands ouverts, attendant le retour improbable de Betty. Ces matins-là, elle ne préparait à Betty ni son café ni son bain. Elle jouait à la malade et donnait son corps à la souffrance. Elle souffrait d'un paludisme sans fièvre auquel sa maman croyait. Betty lui apportait des boissons chaudes et des petits plats qu'elle refusait d'un air dégoûté, sursautant chaque fois que Betty se penchait vers elle pour toucher son front. Elle dormait, rêvait de la velléité de sa révolte, et pleurait de la pitié vague que lui inspirait sa propre existence. Jamais Betty ne s'était aperçue de cette souffrance qui l'irradiait ni même du désarroi qui la ballottait sans cesse, l'entraînant perpétuellement vers des sommets d'extase ou des abîmes d'accablement.

« Je vais me coucher. » C'est Ada. Ateba l'a presque oubliée avec ses pensées qui courent dix ans en arrière. Et c'est bien d'elle, ça, être là, penser là-bas, rêver là-bas. Mais aujourd'hui Ateba Léocadie veut être une « gentille fille ». Elle se lève, elle l'accompagne jusqu'à sa chambre, elle l'aide à se déshabiller, elle la borde; en quittant la pièce elle a vu ses traits tordus et pourtant si beaux! Et Ateba a senti la macération de ses propres chairs.

Les jours suivants, Ateba ne les vit pas passer. On était censé être en saison de pluies, elle ne le voyait pas, elle ne pensait à rien sauf à écrire aux femmes, à regarder les bateaux dériver. Elle n'avait jamais écrit autant de sa vie. Rien d'autre ne l'intéressait que de rassembler les femmes, de leur dire de se tenir prêtes, de ne pas rater l'arrivée des étoiles. Elle avait même fini par nettoyer sa chambre et ranger ses vêtements. Au cas où... Elle éprouvait une sorte de frénésie sereine à songer au Grand Jour et tout ce qui était bon en elle vibrait. Ateba Léocadie songeait par moments qu'elle était folle, ou illuminée. Elle préférait la seconde hypothèse. Elle se disait que la vie, la vraie, consistait à regarder le monde avec cette indifférence polie et elle en arrivait même à parler à Jean, à lui sourire. Elle était comme nantie d'une terrible compréhension des hommes et de leur misérable destin. Elle se disait qu'elle n'aurait pas été si heureuse s'ils n'existaient pas. Ils l'avaient enfantée en produisant le Rien.

Ce soir-là, elle est assise dans le salon quand Jean rentre en traînant les pieds. Il s'affale en face d'elle, allonge les jambes, appuie la tête contre le dossier et ferme les yeux. Jamais encore elle n'a eu conscience si nette de sa supériorité.

« Je veux te parler, lui dit Jean d'une voix sourde.

— Je t'écoute.

— Je veux que tu cesses de tuer l'amour.

— Je ne le tue pas, je l'accouche.

— T'es qu'une conne. Accoucher l'amour? Laisse-moi rire. Tu ne sais même pas faire ses gestes.

— Je sais. Je sais que je sais. La femme doit se protéger. C'est à elle qu'il faut donner les gestes.

— Tu es complètement folle.

— Être lucide, d'après toi, c'est quoi? Faire comme les cathos peut-être? Tu me frappes, je me couche à tes pieds? Je devrais sans doute m'excuser d'être femme, dire toujours oui à tes ordres et merci quand tu me frappes. Tu veux que je te dise? Tu représentes pour moi, femme, tout ce que j'exècre chez l'homme, ce mélange d'arrogance et de vanité absurde, de sérieux et d'inanité chaotique, tout ce que je vomis.

— De tout temps, la femme s'est prosternée devant l'homme. Ce n'est pas par hasard si Dieu l'a fabriquée à partir d'une côte de l'homme.

— D'une côte fêlée, la femme s'est taillé un empire.

— Arrête tes âneries. Je voulais savoir si tu veux m'épouser.

— Non.

— Pourquoi?

— Parce que je suis déjà mariée. J'ai épousé les étoiles.

— T'es-tu lavée ce matin? »

Il n'entend pas sa réponse. Content de lui, il se lève, il enfonce ses mains dans ses poches, redresse les épaules et s'éloigne en chantonnant : « MLF, MLF a pourri nos femmes. »

Elle a compris que sa croisière en eaux calmes venait de s'achever.

Irène lui a donné rendez-vous chez Mama Modo. C'est un bar juste en face du cimetière, au sol jonché de papiers, aux murs couverts de femmes nues. Entre deux enterrements, les familles viennent s'y saouler la gueule en chialant. Un jour, le fossoyeur lui a dit en souriant de tous les vides de ses dents : « Tout est presque occupé. Il n'y aura plus de place pour vous, ma fille. A moins qu'on ne déterre les autres. Dommage de s'exiler pour ça... »

Elle a regardé toutes ces petites croix, ces grilles et ces murets qui délimitent les concessions, elle a pensé à l'obscurité là-dessous, elle a dit au fossoyeur : « Je préfère la mer. »

Elle prend une table, près de la fenêtre, d'où elle peut contempler les splendeurs du cimetière. Irène n'est toujours pas là. Elle commande un Fanta et elle reste là, à boire et à surveiller les allées et venues. Des hommes entrent, commandant des bouteilles de vin, précuites dans le brasier de la tôle ondulée, qu'ils boivent au goulot. L'un d'eux s'approche, il flaire la femme. Elle sent son odeur de safran.

« On t'invite, baby...

– Non... »

110

Il ne l'écoute pas. D'autorité il s'assoit en face d'elle et allonge ses jambes. Elle le regarde. La bouche est très mince, comme celle d'un Blanc, le nez épaté avec des narines trop larges, la peau trop jaune, les cheveux ondulés, très sombres. Laid? Laid. Et quand il la regarde, ses yeux obliques pétillent de violence. Il parle, il dit qu'elle est sensuelle et qu'il est sûr qu'elle connaît la danse des sexes. Il dit qu'il crève d'envie de la faire tanguer à l'autre bout de la pièce. Il dit qu'elle ne doit pas refuser car son cousin est le cousin du cousin du ministre des Affaires étrangères. Elle ne l'écoute pas, elle est seulement sensible au temps et à l'absence. Elle pense que sa vie s'est construite sur une file d'attente où les femmes ont accroché leur absence. Toute sa vie, elle les a attendues. Betty. Irène. Et toutes celles ancrées en elle comme le noyau au cœur du fruit. Toute sa vie, elle les a attendues et elle a veillé sur elles.

Elle a huit ans. Elle rentre de l'école. Du pont, elle entend déjà des obscénités et sa mère qui pleure. Elle pleure souvent, sa maman, à cause de son « titulaire » qui la bat tous les quinze jours. Elle aime les pleurs de sa mère, ces hurlements qui évoquent la douleur et le défi. Elle se glisse dans la foule des badauds, elle regarde la femme allongée qui se tortille par terre, elle écoute ses cris, elle l'écoute et sent croître en elle le désir de pleurer à peu de frais. Elle pleure, elle est Betty, elle baigne dans un désespoir infini, une détresse qui dulcifie l'âme. Elle croise le regard de Betty, elle lance son cartable sur la tête du « titulaire ». Son devoir est de veiller sur sa mère, de toujours veiller sur sa mère.

Le « titulaire », lui, on dirait un véritable sanglier,

il fonce, il frappe. Ateba ne bouge pas, elle ne pleure plus, il cogne encore, plus fort, elle saigne du nez et de la bouche. Il frappe maintenant partout, la tête, les côtes, le ventre, elle tombe. Elle n'a pas mal, elle ne crie pas, elle vient de renverser les attributs.

Elle est allongée dans le lit de sa mère, sa tête sur ses genoux. Betty lui caresse les cheveux, elle se lamente, elle dit que c'est sa faute, qu'elle a fauté, que Dieu voit qu'elle a fauté puisque sa faute rejaillit sur sa fille, elle dit qu'elle ira à confesse demain. Ateba n'écoute plus les mots, elle entend les intonations, elle sait déjà que c'est l'homme que Betty priera.

Betty, un exemplaire unique, avec sa nonchalance, ses gestes trop longs qui n'achèvent rien. Elle lui caresse les tempes mais oublie de l'embrasser. Elle dit inlassablement que sa fille a mal, qu'elle va la masser. Elle traînasse, elle parle, elle tourne sur ses mots, et, lorsqu'elle entre en action, il n'est pas bien tôt. Elle va à la cuisine chercher de l'eau chaude. Elle revient sans eau mais avec une serviette de bain.

« Ah! J'ai oublié l'eau. »

Elle repart, cette fois elle revient sans la serviette. Elle n'en finit pas de tourner entre l'eau et la serviette, d'aller et de venir, de reprendre la tête de sa fille sur ses cuisses et de repartir dans ses inachevés. Et elle en a des inachevés. L'éducation, le savoir, la tendresse, le repas, et Dieu sait quoi encore! Pondre des enfants a été l'éclatante exception à la règle. Il est vrai qu'elle pondait pour la mort.

Ateba disait alors : « Tu es fatiguée, Mâ. Je vais m'occuper de toi. »

Lorsque Irène entre chez Mama Mado, elle n'a que deux heures de retard et l'homme aux cheveux ondulés est parti depuis longtemps. Elle s'excuse du bout des lèvres en invoquant un client de dernière minute, lui claque un baiser machinal sur la joue et s'assoit en face d'elle. C'est la première fois qu'Ateba la voit à la fois si agitée et distraite. Elle se dit qu'Irène a les gestes de la femme qui vient de prendre l'homme, qui vient de mal prendre l'homme. Émerveillée de sa perspicacité, elle lève la main et commande un Coca-Cola.

Irène furète dans son sac. Elle sort une cigarette. Elle ouvre une boîte d'allumettes. L'allumette racle la face violette de la boîte. Elle approche la flamme de son visage. Ses mains tremblent, les coins de ses lèvres tremblent aussi. La cigarette allumée, elle souffle bruyamment sur la petite flamme et jette l'allumette. Elle aspire une longue bouffée qu'elle rejette par les narines, renverse la tête en arrière, puis :

« Je suis enceinte. »

Ateba a entendu ou n'a pas entendu. Elle regarde dans la cour le mur sale du cimetière d'en face. Elle pense avec nostalgie au jour où la mort mourra, où l'homme, levant le poing au ciel, clamera le dépérissement de l'ordre tandis que dans son dos s'élèvera une multitude d'étoiles. Ce jour-là, l'étreinte abattra les frontières qui séparent les êtres.

« Tu ne m'écoutes pas. Je te parle, tu ne m'écoutes pas.

– Si, je t'écoute. L'homme a encombré ton corps. Ce n'est pas dramatique.

– Tu ne te rends pas compte! Un enfant sans père!

113

– Un enfant n'a pas forcément besoin d'un père.

– T'es complètement folle! Comment je vais faire?

– On se débrouillera.

– Comment? A moins que...

– A moins que?...

– A moins que je ne le colle à quelqu'un.

– Tu ne peux pas faire ça... » Elle aurait dû dire : « Tu n'as pas le droit de tuer une liberté. Car la liberté étouffée n'a de lumière que dans l'ombre de la mort. » Au lieu de cela, elle la regarde, elle a le sentiment que sa limpidité se dissoudra avec cette nouvelle absence, qu'elle marchera dans la nuit périlleuse du QG, formulant des questions, inventant des réponses qui ne seront plus inscrites dans les astres. Abattue par cette nouvelle clarté, elle allonge les jambes, ferme les yeux sur la nuée brouillonne des qugétistes qui emplissent peu à peu le bar et dit d'une voix à peine perceptible : « Je me demandais si tu choisirais un Blanc ou un Noir. »

Le temps de formuler cette phrase, Irène vire au gris. Moi, troisième interlocutrice dont elles ne pouvaient percevoir ni même sentir l'existence, Moi que tous piétinent et que nul n'écoute, je me disais qu'il était vain d'enlever un grain de sable dans ce désert de malheur. Je voyais les larmes inonder le visage de l'une, et l'autre inscrire son bonheur dans l'espace constellé des étoiles.

Le vacarme entre-temps s'est amplifié. C'est l'heure où le café se transforme soudain. Les chaises sont déplacées, une piste de danse est improvisée. Une femme violemment maquillée se dandine au rythme d'une chanson hurlée par une radio-cassette. Un homme s'approche d'elle en roulant des hanches. Les jambes s'entrecroisent, les sexes se frôlent, les mains s'égarent sur le pagne moulant. Autour d'eux un cercle se forme. Des hommes claquent des mains en débitant des obscénités. A l'entrée, des adolescents, le regard vitreux, suivent avec un intérêt croissant ce fragment de leur futur. Plus loin, l'ombre moirée de la nuit s'ébranle lentement, comme si elle se mouvait dans des espaces et des temps autrement inaccessibles.

Irène sort un mouchoir de son sac, s'essuie les yeux, se mouche bruyamment et dit d'une voix éteinte qu'elle ne sait quoi faire, qu'elle ne peut souffrir d'avoir un gosse sans père, qu'elle préfère mourir. Ateba la regarde de biais et lui suggère évasivement d'avorter. Après tout qu'importe la vie d'un gosse dans ce pays où tout est constamment à l'état embryonnaire? Les gosses seront toujours maigres et n'auront jamais le temps de devenir vigoureux. Les adultes auront toujours leurs yeux au bord du gouffre. Les vieillards crameront avec le déclin du crépuscule. Quant aux femmes, Ateba sait qu'un jour le pays leur appartiendra.

Ateba a raccompagné Irène chez elle. Puis elle a erré longtemps dans le QG à la recherche d'une solution. Elle a fini par trouver trois sortes de purge, toutes à base de plantes, que Betty s'administrait pour déclencher ses règles. Mais ce n'était pas ce qu'elle voulait, Ateba voulait quelque chose de plus radical, qui arracherait l'œuvre de l'homme de son amie, d'ailleurs elle ne voulait plus de remède traditionnel, plus jamais. Elle a continué à traîner, laissant ses pas la porter à leur gré, elle est entrée dans un bar. Pour prendre le temps de la pensée, elle a commandé un café qu'elle a à peine entamé, elle a commandé un Coca, un homme s'est approché, il l'a invitée au jeu, elle a sorti ses griffes, le patron l'a jetée à la rue. Elle est repartie droit devant elle, par les ruelles du cœur de la ville, elle a vu un réverbère planté devant une vieille cabane, elle s'est assise sous le réverbère, elle a regardé les gens passer, gesticuler, rire, elle a pensé qu'ils font beaucoup trop de bruit pour des vivants, elle a joué avec le sable qu'elle laissait filer entre ses doigts, elle s'est dégoûtée en songeant que c'était Irène qui lui échappait. Elle s'est levée, elle a secoué la poussière de ses vêtements, elle a continué de marcher, enfermée dans le ventre d'Irène où se développe l'homme, elle a pris un chemin transversal tout sombre avec quelques fenêtres illuminées, elle a entendu des éclats de voix et des tintements de vaisselle. Elle a ressenti un dépit hautain en songeant à tous ces gens qui s'empiffrent avec la certitude que demain sera un autre jour, et après-demain aussi, qu'ils mangeront peu ou pas, qu'ils flâneront devant la devanture des magasins où seuls quelques privilégiés s'approvisionneront, qu'ils baveront leurs famines en appréciant du regard les gros filets de bœuf avec interdiction d'avaler leur salive car, devant eux, des jours interminables de famine s'étireront.

Il est près de 10 heures lorsqu'elle s'engage sur le pont. Au loin, l'orage gronde, les branches des manguiers se tordent, le vent souffle dans les yeux des grains de sable. Ateba n'a pas envie de rentrer. Elle s'assoit sur le pont, elle écarte les jambes, elle se caresse en sifflotant et en pensant à ses eaux, eaux mystérieuses et tendres, eaux ruisselant de ses yeux d'enfant, eaux perdues dans les abîmes insondables de la mer, et à sa mère qu'elle n'a pas vue lui semble-t-il depuis une éternité.

Tout dort lorsqu'elle pénètre dans la maison. Elle se dirige vers la chambre d'Ada, colle son oreille à la porte, écoute son souffle qu'aucun homme ne trouble, son souffle léger de femme au repos, seule, toute seule, rien qu'elle avec son odeur d'huître fermée. Elle s'en veut de n'avoir pas été là pour la border. Si l'homme n'avait pas retenu Irène, Ateba serait arrivée à temps. Elle éprouve le besoin de réparer. Elle gratte à la porte d'Ada. Pas de réponse. Elle frappe. Rien, toujours rien. Déçue, elle va à la cuisine. Elle boit deux verres d'eau, elle va dans sa chambre, elle ouvre toute grande la fenêtre, elle regarde la pluie ruisseler du toit, elle n'a pas sommeil, elle a trop d'envies dans le corps.

Ateba se déshabille en toute hâte et se lance sous la pluie. Elle tend son corps à l'eau, elle s'offre, elle la prend, elle écarte ses fesses et donne son ventre. Quand la sensation devient jouissance, Ateba Léocadie chiale, nez contre terre. Elle a l'impression que chaque goutte d'eau l'immacule et la sort du QG et de ses noirceurs d'égout. Elle a l'impression de retrouver la pureté, cette pureté que la coutume prétend garder de haute lutte, en la parfumant de théories et en la souillant d'incohérences.

Les premiers chants du coq la trouvent allongée dans la fange, les yeux brûlés. Elle se lève péniblement, elle patauge dans la boue gluante que la terre a vomie en songeant que la digestion de la terre est aussi écœurante que celle des hommes, ces hommes qui limitent l'infini, copulent, prolifèrent... Ces hommes qui, les yeux levés au ciel, attendent et espèrent, se traînent sur leurs pattes moribondes... Et attendent encore. Peut-être attendent-ils la venue du Christ, la rédemption, la résurrection? Elle ne sait plus. A travers le brouillard de ses yeux, elle voit un monde gris, baigné de larmes. Des ruines, des ruines... Un monde en ruine. Pensent-ils pouvoir s'extirper un jour de leurs misères? Pour l'instant, personne ne semble vouloir prendre les rênes. Puisqu'il y a absence, il incombe à Ateba de les prendre et de ramener par la grande porte le messager du bonheur, de traverser l'immense cour où empilées les unes sur les autres, les femmes, silencieuses, libéreront le frémissement de joie. Ateba continue de patauger jusqu'au moment où elle s'aperçoit que, sans le faire exprès, elle est revenue au point de départ. Elle entre dans la maison en veillant à ne pas heurter de meubles pour ne pas faire de bruit. Elle aperçoit une faible lumière sous la porte d'Ada. Ada ne dort pas. Ateba ne dormira pas.

Dimanche. Soleil. Incandescence. Climat de liesse depuis l'aube. Une bruyante musique de danse. Une cour immense. Vociférations et trépignements, vivats des invités à moitié ivres. C'est la fête. Le Sadaka d'Ekassi. Sept jours ont passé depuis sa mort.

Après d'interminables discussions où chacun s'est efforcé de puiser dans ses souvenirs les bribes du rythme traditionnel mais où nul n'était d'accord sur la manière de mener la danse, le Sadaka d'Ekassi s'est transformé en une fête « crépusculaire » où le disco se danse au rythme du tam-tam. Les pieds frappent en cadence la terre poussiéreuse, les hanches roulent, lentes, sensuelles, incitant les danseurs à des ondulations immobiles. Odeurs de sueur, d'eau de Cologne, de brillantine, d'urine, de sexe. Des gosses en haillons se faufilent entre les jambes des danseurs, chipent des gâteaux qu'ils s'enfoncent dans la gorge avec des gestes précipités. Des vieillards, assis en tailleur sous la véranda, se fendent leurs vieilles poires édentées en se saoulant à petites doses de hâa qu'ils avalent cul sec. Des jeunes gens regroupés par classe de bêtises rient et commentent des fesses en se tapant dans les mains.

Des femmes, moulées dans des pagnes Wax, traînent leurs croupes, se lancent des œillades cocasses et méprisantes, s'affranchissant de leur misère, et gaspillant stupidement une prospérité jamais acquise.

« Tu danses? »

Adossée à un arbre, bras et jambes croisés, Ateba ne répond pas. Distante, l'air ennuyé, elle continue de regarder la masse bruyante des qugétistes. Mais Moi, que nul ne pouvait voir, je le savais, je savais que cette attitude l'enveloppait d'un voile mystérieux, l'enrichissait d'une supériorité que la plupart des qugétistes se gardaient bien d'élucider, préférant lui accoler des épithètes calomnieuses pour satisfaire un besoin viscéral de médire. Et Moi, j'étais là à sourire de toutes mes dents en voyant ce vide enivrant, fait d'incompréhension et de haine, que le hasard d'un même destin avait mis entre elle et eux. Je regardais, impartiale pour une fois, hautaine et distante... J'attendais... Je me moquais gentiment de tous ces gens qui allaient un matin crever la bouche ouverte sans s'être vraiment connus.

« Tu danses? »

Cette fois, Ateba lève les yeux. C'est obligé: l'homme a posé sa main calleuse sur son bras. L'expression du visage est vulgaire. La chevelure caramélisée et le front dégarni laissent apparaître un crâne haut comme une crête de coq. La bouche déjà décolorée par l'alcool est charnue, le menton mou. Ateba détourne la tête dans l'illusion de ne plus sentir sa main. La main la rattrape, possessive, encombrante, sourde aux réactions de son corps, au dégoût qu'elle jette dans ses reins et toujours agrippée aux mêmes mots:

« Tu danses?

– Non.

– Pourquoi? Je ne te plais pas?

– Ce n'est pas ça, dit-elle en faisant un effort pour ne pas montrer son dégoût. C'est le tam-tam dans mon sang. Il refuse de se mouvoir comme Mike Jackson. »

Il part d'un grand éclat de rire, un rire heurté, plein d'impudence et de mépris. Elle prend le parti de rire elle aussi. Ils rient ensemble. Ils ne rient pas des mêmes choses.

« Excuse-moi, dit-il en hoquetant et en essuyant ses yeux. Les intellos m'amusent toujours avec cette manie qu'ils ont de tout regarder de haut. Le concret, ma chère, c'est ce dont on a besoin. »

Elle arrête de rire. Elle plisse la bouche. À quoi bon répondre? L'homme n'est que poussière. Sa mémoire n'est que poussière. Son cœur est rempli de poussière. Il ne comprendrait pas ses mots. Pourtant le feu qui la brûle pourrait le consumer, tordre ses traits et désordonner ses cheveux absents. Elle se tait. Elle continue de se taire. Elle adopte son air « tu as raison mais je n'en pense pas moins » et elle l'écoute déballer ses salades, parler, parler, les yeux déments, les narines folles, il ne se contrôle plus. Si elle ne fait pas attention elle va s'effondrer, ivre de mots. Évolution. Métissage culturel. Technologie. Tradition. Mentalement elle enregistre ses débordements : l'œil qui bouge, qui cherche des images sans s'y fixer; les doigts qui tripotent les joues; l'écume au coin des lèvres. Soudain, ses oreilles ne peuvent plus rester là, elles veulent partir. Il leur ouvre les portes.

« Trêve de bavardages, allons danser. »

Reins cambrés, poitrine rebondie, Ateba se déhanche avec application. Elle se tortille, elle tourne, les yeux révulsés. Elle veut dominer cette tristesse lourde dans sa poitrine, l'essorer, la tarir. Elle danse de plus en plus vite à mesure qu'elle s'aperçoit que

la mémoire fonctionne malgré elle, en dépit de tout.
Betty. Ekassi. Elles auraient apprécié ce rythme
effréné, ces déhanchements excessifs. Toute leur
vie, elles ont dansé pour des hommes, des milliers
d'hommes qui ont écartelé leurs chairs. Elles
allaient dans des bars où la femme a la jupe courte,
les cuisses libres, la bouche lourde et les yeux faits.
Elles roulaient des hanches sous des spots rouges et,
quelquefois, elles acceptaient de monter sur la table
qui allongeait les jambes et permettait une vue
plongeante des cuisses. Jamais, elles n'avaient tan-
gué pour elles, et même l'idée de le faire n'avait
jamais effleuré leur esprit. Je regardais Ateba se
déhancher. J'appelais Ekassi et Betty. Je leur disais
de prendre ce plaisir sans pudeur, de se repaître des
roulements des reins qui soulevaient le désir de
l'homme et qui s'élançaient pour les briser. J'appelais les astres. je leur disais de commémorer les
discours des femmes passées... Ah! Betty! Ateba se
rappelle tes Verbes sur les hommes, leur faculté à
protéger, leur supériorité manifeste, leur primauté
dans le plaisir... Elle a cherché l'homme, elle a
trouvé des ruines de statues et de monuments
historiques. Et puis, Betty, il y a cette paresse à
construire, ce courage à détruire, saccager, piéti-
ner... Elle ne dit pas cela pour te contredire, Betty.
Elle veut se consacrer reine pour que la femme ne
se retrouve plus acculée aux fourneaux, préparant
des petits plats idiots à un idiot avec une idiotie
entre les jambes. En bonus les enfants, Betty, et
l'épuisement, et les cernes du petit matin.

« Arrêtons-nous quelques minutes, lui souffle son
cavalier. Je n'en peux plus. »

Elle a l'impression d'être malade en s'arrêtant de
danser. Elle a le vertige et se sent entraînée dans un
tourbillon au sommet gardé par les hommes. Elle le

suit, la nausée dans le ventre. Tant bien que mal, plutôt mal que bien, elle s'adosse à un manguier. Son cavalier est planté devant elle, son regard vitreux plongé dans la masse de ceux qui depuis plusieurs heures s'épuisent sous le soleil.

« Tu vois cette femme, dit-il en lui indiquant une fesse courte, grasse et débordante qui tournoie au rythme du tam-tam. Elle a déjà enterré trois maris. Une vraie sorcière. Plus elle les suce, plus elle s'engraisse. Elle est à la recherche du quatrième. A mon avis, elle aura du mal. Sa réputation est faite. »

Le moins qu'Ateba puisse dire, c'est que sa Betty n'était pas une sorcière. Une traînée ? Peut-être. Mais pas une vampire. Elle ne s'était jamais nourrie de l'homme. Ils l'ont croquée, elle a subi leurs caresses, leurs baisers ; pour qu'ils grossissent, elle a murmuré des obscénités, elle a poussé des hurlements rauques dont Ateba n'avait jamais pu déterminer s'ils étaient de plaisir ou de douleur ; et ses mains, ses mains expertes, douées de sensibilité et de savoir, se resserraient autour de l'homme lorsqu'elle devinait que c'était son dernier coup de reins, qu'il l'inondait. Et ils sont tous repartis, plus ragaillardis que jamais après le pied. Et le bruit de leurs souliers sur la dalle. Betty. Il suffit de fermer les yeux pour la rencontrer.

Ateba a neuf ans. Elle joue au kissoro avec Moride. Chaleur. Humidité. Rien ne va plus. Elle perd. Elle dit que Moride triche. Moride proteste. La tension monte. Ateba la gifle. Elles s'empoignent. Des adultes interviennent. On les sépare. Elles se débattent et se lancent des gros mots. Ateba en retient un : « Bâtarde. »

Elle marche maintenant dans l'herbe touffue. Il y a des tons d'or dans le paysage. Il fait frais. C'est la fin d'une journée de saison de pluies. Elle s'assoit dans l'herbe verte. Elle arrache des fleurs qu'elle dissèque avec ses dents en pensant au mot « bâtarde ». Maintenant, elle se lève, elle défroisse sa robe, elle rentre à la maison par le chemin de derrière, celui qu'elle emprunte lorsqu'elle a commis une faute. Elle veut... Non, elle doit déchiffrer le mystère de ce mot. Elle a fait sa connaissance il y a quelque temps mais elle pensait que le mot était héréditaire.

Elle se dirige vers la chambre de Betty. Elle frappe à la porte et, sans attendre de réponse, elle entre.

Betty est affolée en voyant les zébrures sur sa peau, elle se précipite, elle veut la prendre dans ses bras, Ateba se dérobe, elle lui demande d'une voix gorgée de haine :

« Qui est mon père ? »

Ateba voit le regard de sa mère chavirer comme happé par quelque souvenir monstrueux, elle voit son corps potelé se voûter et aller reprendre lentement sa place entre deux oreillers, elle voit aussi ses lèvres qui tremblent sur les premiers mots.

« Pourquoi me demandes-tu cela ?

– Je veux savoir qui est mon père. J'en ai marre qu'on me traite de bâtarde.

– Bâtarde ou pas, tous les enfants sont égaux devant Dieu.

– Je sais ! » hurle-t-elle.

Betty la regarde, ahurie. C'est la première fois que sa fille élève la voix devant elle.

« Assieds-toi.

– Non !

– Je te demande de t'asseoir. »

Ateba obéit, c'est un ordre. Elle s'assoit loin d'elle au pied du lit malgré son désir de s'allonger auprès de sa mère, exactement à l'endroit où se dessinent en creux les formes d'un dormeur absent. Elle en a marre, marre de fermer les yeux et de se boucher les oreilles, marre de naviguer dans les égouts du mensonge, marre de cet équilibre fictif, ras le bol! Briser, détruire, construire, qu'importe! Elle veut connaître cette vérité oubliée, cette source ensevelie dans le cerveau de sa mère. Alors, dans un silence aussi épais que la nuit, elle écoute le récit de Betty. Son amour pour un jeune flic, le bonheur, l'enfant, l'abandon, la honte, la haine. Elle écoute sans ciller. Elle se lève en titubant, ivre de douleur, elle va dans sa chambre, elle s'écroule sur son lit, elle dit « Papa » comme elle l'a dit des milliers de fois, d'une voix rauque et presque voilée. Elle l'avait dit à n'importe qui, aux amants de Betty, les Jean, les Toumbi, les Simon, les Thomas, les Kadji et les Koradjo, les John, les Peter, les Circoncis et les Autres, les Tatoués et les Mous. Elle l'avait craché des milliers de fois avec la même indifférence polie.

Cette nuit-là, elle crie : « Papa! » Et les ténèbres l'entendent, et Betty l'entend, elle court à son chevet, elle la berce, elle lui dit que tout va bien, Ateba ne l'entend pas, elle continue de hurler, de gesticuler et Betty pleure avec elle, elle répète inlassablement : « Mon amour, je t'aime... Je t'aime. » Rien n'y fait, Ateba continue de hurler. Alors, elle la gifle, Ateba ouvre les yeux et la regarde, pétrifiée. Betty l'embrasse sur la joue, elle dit : « Pardonne-moi, mon amour », elle la serre contre elle, Ateba épouse son ventre, elle entend son cœur battre, son ventre encore secoué de spasmes de douleur. Elle lui dit : « Mâ, j'aimerais avoir une photo de lui. » Elle aurait dû dire : « Mâ, j'aimerais avoir une photo de toi. »

Et le vent a emporté ses mots.

« Je vous trouve irrésistible. »

Elle a l'impression de rêver. Ce tapage qui lui casse les tympans, ces trépidations, cette foule joyeuse... Cette masse inconsciente qui s'achète la joie en s'emplissant la panse... Elle se souvient : c'est la fête donnée à l'occasion de la mort d'Ekassi, dans la cour de ses parents. Et son cavalier est toujours là, dressé sur pattes en X. Il la complimente tout en la léchant de ses yeux de hibou. Elle le trouve vulgaire. Indiciblement vulgaire. Impossible de l'envoyer au diable sans provoquer de scandale. Les yeux se braqueront sur elle. Les langues marcheront. Elle sera condamnée sans procès. Faire un effort. Établir un clivage raisonnable entre son intérieur et les autres. Verbaliser ce qu'ils ne comprennent pas, qui ne participe pas de leur système. Refouler. Censurer. Nécessité oblige.

Et c'est un visage émouvant qu'Ateba lui offre, un visage de réveil de femme, dégarni des stigmates de haine, épanoui par l'amour et le jour naissant. Et ça marche. La température grimpe. Le tas de gras fond, ébloui par l'excès de lumière. Il avance une main, il caresse sa joue, il sourit, il parle, elle fait un effort pour ne pas bâiller, il continue de parler, il débite les mêmes mots que les autres, les mots communs, les mots dominos, les mots le cul entre deux chaises comme il pense que les femmes aiment. Elle pense à d'autres mots, elle se souvient vaguement, une pièce de théâtre, elle ne sait plus, « Belle marquise vos beaux yeux me font mourir d'amour », « Mourir d'amour me font belle marquise vos beaux yeux »,

126

c'est Molière, elle ne sait plus, elle ne veut plus savoir, elle ne veut plus qu'en rire, chacun au QG joue son rôle, et tout le monde joue à la perfection : Ada, Irène, Yossep, son cavalier... Chaque pion est à sa place. Sauf elle. Ateba Léocadie doit faire son devoir, elle doit toujours faire son devoir, elle doit être fidèle à son devoir. Mais c'est quoi encore, son rôle? Elle l'avait presque oublié en pensant au rôle des autres. Ça y est, Ateba Léocadie se souvient, elle est la femme, la maîtresse, la femme de l'homme. Elle a trouvé son rôle, elle se sent presque mieux, elle devient tout à coup deux Ateba. La femme et l'actrice. L'ordinaire et l'extraordinaire.

Alors elle écoute et accepte les mots de l'homme. Elle ponctue chacune de ses phrases d'un « OUI », un oui théâtral, un oui creux et elle prend plaisir à dire ses « OUI » en accentuant le « u », elle trouve que cela rend la scène plus convaincante.

Et il gobe, le pitre. Il est au firmament. Il sort les yeux, roule des mécaniques. Elle pousse le jeu plus loin en lâchant un autre « OUI » lorsqu'il lui propose d'aller prendre un verre chez lui.

Ateba n'en croit pas ses yeux lorsqu'il ouvre la porte sur un salon clair et superbement meublé. Des poufs épars sur le sol. Face à un fauteuil de skaï marron, une table basse avec de minuscules coquillages au centre.

« J'aime la beauté et la grâce », déclare-t-il en lui montrant un portrait d'Ève sous un pommier. Il lui montre également des posters géants et les disques qui font la une du hit-parade. Il lui explique que tout vient d'Europe, qu'il passe sa commande à la Redoute et, deux semaines après, elle est arrivée. Il suffit de passer à la poste, à l'autre bout de la ville. « Le siècle de la vitesse, ma chère... Le siècle de la vitesse. »

Elle l'écoute, elle acquiesce à toutes les imbécillités qu'il lui débite, mais ses yeux cherchent les masques, les fétiches, les totems qu'elle avait un instant imaginés flirtant avec les radios-cassettes et la chaîne hi-fi. En dehors d'une étagère en rotin où sont empilés des paquets de journaux, il n'y a rien qui puisse rappeler l'Afrique, rien du métissage culturel qu'il lui avait tant vanté. Elle veut le lui faire remarquer, elle s'abstient de justesse.

« C'est magnifique!

– N'est-ce pas, ma chère? En outre tu n'as encore rien vu. Suis-moi... »

Il la précède dans un couloir obscur, ouvre une porte.

« Après toi, chère amie », dit-il en s'effaçant.

La pièce est carrée, avec son plafond bas tapissé de rouge et ses angles bien nets. Des dizaines de miroirs divisent les murs et reflètent le haut lit recouvert de damas. Au sol, une moquette rouge ornée de motifs orientaux.

« N'est-ce pas fantastique, ma chère? L'image de la beauté reflétée à l'infini. C'est mon cadre préféré. C'est ici que je passe des heures à méditer sur l'Afrique. Malgré mes connaissances, vastes soit dit sans prétention, je continue de fréquenter le monde des ghettos qui, à mon humble avis, est le noyau même de l'Afrique. C'est là-bas que tout naît, meurt et ressuscite grâce au mystérieux phénomène de la réincarnation. Je ne critique jamais sa dépravation quoique sachant, tout au fond de moi, qu'il se constitue d'une foule d'irresponsables qui s'estiment comblés quand ils ont la panse pleine. Mais je les respecte. Et ceci pour une raison, chère amie... L'Afrique n'est ni un fait ni un geste, mais une réalité qui prend source dans nos cœurs, exactement comme la femme. Oh! Excuse mon impolitesse, viens donc t'asseoir près de moi. »

Elle traverse lentement la chambre, la tête basse, fuyant ses reflets dans la glace, prisonnière d'un vertige de pensées qu'elle ne peut maîtriser.

« Que puis-je te servir, chère amie?

– Rien. Je n'ai pas soif.

– Sobre? interroge-t-il en ricanant. Je croyais que c'était une espèce en voie de disparition.

– Et vous?

– Ne le prends pas sur ce ton, chère amie... Je

plaisantais... Excuse-moi, dit-il en se levant et en lui pinçant gentiment la joue... J'ai un coup de fil urgent à donner. »

Restée seule, Ateba regarde autour d'elle, ébahie. Elle n'a plus ce vertige nauséeux qui s'est emparé d'elle à son entrée. Elle se lève. Elle va vers un miroir. Elle lève une main, grimace. L'image dans le miroir lève la main et grimace aussi avec un air de profond dégoût lui semble-t-il. L'ombre de quelques secondes, elle a l'impression que ce n'est pas elle. Celle dans le miroir lui est étrangère, elle ne peut lire dans son âme, mais elle la sent si proche! Elle est elle sans être elle. Elle s'est perdue de vue à trop jouer la farce. Écœurée, elle pense qu'elle n'aura bientôt plus rien à se dire, sauf aux hommes qui n'ont des femmes que l'idée de ce qu'elles ne sont pas.

Et dans cette chambre imprégnée du parfum de l'homme, ce parfum qui lui était jusqu'alors inconnu, elle ferme les yeux pour se retrouver. Elle attend de voir ses corps se rejoindre. Le temps écoulé? Elle ne saurait le déterminer. Au loin, dans les ténèbres de ses yeux, elle entend la porte s'ouvrir et se refermer et les bruits des pas qui s'approchent et l'accaparent.

« Que fais-tu, chère amie? Tu ne te sens pas bien?

– Tout va bien. Je vous remercie.

– Le narcissisme est le plus grand défaut de la gent féminine, persifle-t-il. J'ai accroché ces miroirs, chère amie, non pour admirer mon anatomie que je ne crois pas si mal tournée, mais pour chanter la beauté de la femme... Tu me regardes bizarrement...

– Vos mots épanchent mon cœur en douce cadence... ricane-t-elle.

130

– N'est-ce pas, chère amie... Mais viens donc, dit-il en l'entraînant vers le lit. N'aie crainte... Je ne t'attire pas dans un guet-apens. Je veux t'idolâtrer comme tu le mérites. »

D'une douce poussée, il l'oblige à s'asseoir et, sans la quitter des yeux, il tire sur son pantalon qui se décroche et lui tombe aux chevilles. Un pied après l'autre, il s'en libère et le jette au loin dans la précipitation du désir. Qu'il est ridicule avec ses chaussettes à mi-mollet, sa chemise qui coupe les fesses en deux comme deux demi-cocos, et cette flèche qui pointe de son bas-ventre. D'autorité, il saisit la main d'Ateba et l'écrase sur son sexe. La veine de son front gonfle.

« Caresse-moi, chère amie... Tu as des mains si douces !

– Non ! dit-elle en se dégageant.

– Pourquoi, mon petit cœur ? Je ne te plais pas ?

– Si la femme est comme l'Afrique, ni fait, ni geste, l'homme est l'acte qui s'annule au premier contact et s'évapore au premier mot.

– Féministe ? » interroge-t-il, narquois.

Elle ne répond pas. Il n'insiste pas. Il s'assoit et roule sa chemise sur sa poitrine qu'il a recouverte d'une multitude de petites boules de poils. Il écarte les jambes. Il se branle. Elle sifflote. Il râle. Elle le trouve idiot. Même modèle que ceux qui, dans leur ridicule prétention de conquérir le monde, ont semé l'imbécillité sur leur passage.

Prise d'une nausée subite, elle ne peut plus regarder. Elle se lève. Il attrape son bras d'une main et de l'autre continue à se branler.

« Regarde ce que tu perds, chère amie... dit-il en se passant la langue sur les lèvres.

– Lâchez-moi !

131

– Non, chère amie! Pas avant de t'avoir aimée. »

Elle tente de se libérer, il l'agrippe plus fort, l'oblige à s'allonger sur le lit. Il s'abat sur elle, elle le frappe, il s'attaque à son slip, elle le mord, elle ne veut pas, il s'évertue à la soumettre, il fonce sur le clitoris, elle se cabre, elle serre les cuisses pour faire obstacle à la main qui se fraye un chemin à coups d'ongles.

« Je bande pour toi, chère amie... Donne-toi.

– Non!

– Si! »

Déjà, il est partout, collant comme de la boue après l'orage. Sa langue la fouille, elle détourne la tête, il l'agrippe par les cheveux, il la force à tourner la tête vers lui, il veut l'embrasser, elle lui crache au visage.

« Salope! »

Il se rue de nouveau sur elle, fonce sur ses genoux avec une telle violence qu'elle écarte les cuisses, il la pénètre. La douleur est fulgurante, elle gémit, il n'entend pas, il dit : « Oh! C'est bon! Tu es chaude », elle le griffe, il s'accroche à ses mots, elle pense aux sexes qui ont éventré sa mère et au sexe en elle. D'un geste rageur elle accroche sa main au sexe, le retire, le serre, elle serre de plus en plus fort, elle l'étrangle, elle a de la violence bandante dans ses mains. Elle se dit qu'elle tient bon, qu'elle tiendra jusqu'au bout. Elle veut le forcer à jouir hors d'elle, elle entreprend un mouvement de va-et-vient. Un râle, deux contractions. C'est fini. Il s'écroule sur elle, la tête dans l'ombre de son cou. Elle étouffe sous la masse adipeuse. Elle le pousse. Il semble mort. Elle pousse plus fort, il roule sur le côté. Elle se lève. Son ventre et ses mains sont mouillés de l'homme. Ateba Léocadie déteste ce gombo pilé, gluant, blanchâtre. Toutes ces polémiques pour cette espèce de lait tourné qui prend sa source dans les pantalons et se jette dans les pagnes! Franchement!

Elle se lève, droite dans sa nudité de femme qui ne verse plus dans l'homme. Elle va se faire couler un bain.

Elle a l'impression d'être débarrassée de ses angoisses lorsqu'elle quitte la salle de bains. Le tas de gras dort, un bras poilu hors du lit. Lentement, elle s'habille, elle enfile ses sandales, elle regarde ce bout de chair qui a répandu son sang, elle veut le frapper, elle lève la main, il ouvre les yeux, elle laisse couler la main le long de son corps, il referme les yeux et les rouvre quelques secondes plus tard, toujours aveugle à la vie. Elle se détourne, elle va vers le jour, il bondit sur ses fesses.

« Ne t'en va pas... Reste.
– Il faut que je parte.
– Ce n'est pas si pressé!
– Si! »

Elle baisse le loquet, il bondit du lit, il est près d'elle et la prend dans ses bras.

« Reste encore un peu, dit-il en lui imposant sa mine d'enfant qui vient de se gaver de bonbons. Je veux retrouver la chaleur de tes reins, je veux t'apprendre l'art de la jouissance.
– Non! »

Il ne l'entend pas, il se laisse glisser le long de son corps, il s'accroupit entre ses jambes, il soulève sa robe et place sa tête au creux de ses cuisses, il fait aller sa langue. Elle ferme les yeux, elle l'empoigne par les cheveux, elle l'oblige à activer son mouvement, elle roule des hanches, elle se frotte sur son visage, elle veut que ça aille vite, qu'il se dépêche, qu'il aille tout au fond, qu'il lui fasse l'amour avec le sommet de son crâne, il ne veut pas, elle resserre les cuisses, elle le soumet, elle ne bouge plus. Il comprend qu'elle jouit.

Ah! là, là, là, là!... Moi que nul ne voyait, Moi plus abstrait que l'idée, je jubilais... je pensais que l'aube avait fini par se rejoindre. Je connaissais Moi, témoin du temps et de l'espace, je savais l'acte de l'homme et la pensée de la femme. J'avais expérimenté le désir de l'un et la bonté de l'autre. Je savais... Moi, simple esprit, j'avais conduit la femme au pied du plaisir... Mon rôle s'achève... J'étais à me gargariser de mes exploits lorsque, soudain, Ateba se mit à courir. Je ne comprenais pas... Elle m'échappait. Je courus derrière elle, je hurlai à tout vent, je disais que le pas ne porte plus, que la marche avait cessé, que le Temps, eh bien, le Temps ne respire plus... Elle ne m'entendait pas, elle ne voulait pas m'écouter. Alors je me dis qu'elle devait certainement avoir des remords.

Enfant, Ateba se surnommait la chasseresse. Elle attrapait les sauterelles qu'elle épinglait vivantes sur le mur, elle en avait une jolie collection. Elle tendait des pièges aux rats qu'elle égorgeait d'un coup de rasoir. Elle saisissait des poussins, les plumait vivants avant de les pendre par une patte. Elle regardait les ailes battre et elle disait : « Que c'est beau l'écho de la plainte! »

C'est à la tombée de la nuit que je compris que je perdais mon âme.

Ateba est assise en face d'Ada. Elle évite son regard. Elle parle peu, et quand elle parle, elle dit des choses au sens incertain. Elle lui dit qu'elle aime la lune, que la lune a le goût du miel et la fraîcheur de l'aube. Elle lui dit que si quelquefois la lune se laissait surprendre par le soleil, c'était parce qu'elle se perdait de vue à rêver d'ailleurs, à souvent rêver d'ailleurs alors qu'elle était l'ailleurs. Elle ajoute qu'un jour elle écrira à la lune puisque l'humain peut la retrouver. Au moment d'aller rejoindre le sommeil, elle regarde Ada. L'envie de lui crier de rester avec elle, de ne pas s'éloigner de la lumière lui démange le bout de la langue. Elle ne dit rien. Comme d'habitude. Ada n'a pas vu la lueur d'égarement dans ses yeux. Ada a perdu l'art de déchiffrer les signes.

Vite avant le retour d'Ada. Faire la vaisselle. Ranger. Préparer le repas. Il n'y aura plus qu'à réchauffer par la suite. Activer les gestes. Ada ne saurait tarder. Mais pourquoi diable doit-elle toujours rendre compte de ses faits et gestes? Elle trouvera la réponse une autre fois. Pour l'instant, filer avant qu'Ada ne rapplique. Pas question de lui révéler sa destination. Irène. Son ventre. L'enfant. Rien de compréhensible pour cette tête d'Ada qui cultive de l'homme sans semence.

Coup de brosse. Sandales. Sac à main. Le pont. Course folle à travers les ruelles noires de monde. Au bout de la course, l'hôpital gardé par un portier style archiduc avec casquette, brandebourgs et col officier. La foule. Tout le monde essaye d'entrer. Cris. Disputes. On se bouscule. Une ambulance. Coups de klaxon. Elle manque renverser quelques malades. Elle fonce et se fraye un chemin à coups de peur à la mort.

Ateba en profite pour se glisser dans la foule. Elle est au niveau du portier. Elle lui glisse un billet de cinq cents francs. Il ouvre la grille juste assez pour lui permettre de passer. Une jeune femme, quarante kilos vêtements compris, tente une opération surprise. Réception à coups de pied. Elle recule en se frottant le genou. La foule lève un poing menaçant et l'abaisse aussitôt : c'est tellement crevant!

Le service gynécologique. A gauche il y a des chambres bondées des grossesses finies et des hurlements. A droite une grande baie vitrée, toile de fond crasseuse. Au bout des longs bancs bariolés de grossesses et parfumés de sang. Sonné 10 heures, toutes les infirmières roupillent et celles qui ne roupillent pas se saoulent à la bière. Quant à la chef, elle ouvre sa porte canari toutes les dix minutes et tonne : « Au suivant! »

Ateba a toujours aimé le service gynécologique, toujours elle a accompagné les femmes, toujours elle a aimé les accompagner, toujours elle a aimé l'hymne de la délivrance, toujours elle a trouvé qu'il ressemble à la femme épanouie. Toujours elle est venue avec son pack de bières sous le bras pour rincer les infirmières.

Dès qu'elle la voit, Irène lui adresse de grands signes de la main.

« Je craignais que tu ne viennes pas.

– Tu as eu tort. Je tiens toujours mes promesses.

– Assieds-toi près de moi, gâ. J'ai peur et j'ai mal.

– La peur, c'est une maladie dont tout le monde souffre dans ce pays. Il ne nous reste qu'à souffrir en silence.

– On voit bien que tu ne connais pas la douleur! Moi je l'ai vue. Je suis née dedans, et elle va finir par me tuer.

– Arrête! Elle fait ta force. » Elle veut ajouter : « Elle est un produit de l'homme. » Mais, déjà, Irène

137

ne la regarde plus, comme toutes les grossesses, les
« A terminer » et les « A suivre », elle a ses yeux
braqués sur la porte canari où se lit l'inscription :
« Sage-femme. Prière de ne pas déranger ». L'espace
d'un instant, Ateba laisse ses yeux prendre tous les
ventres avant de s'enfermer sur Irène. Elle voit ses
sandales de tresse noire, ses jambes fines qui
s'échappent de sa jupe rose fendue sur les côtés, ses
seins moulés dans un tee-shirt blanc, son cou, sa
bouche. Elle veut cette bouche malgré la fatigue qui
en affaisse les coins, elle veut lui donner un baiser
profond, un baiser de reine qu'elle enfermera dans
sa couronne pour la mettre à l'abri des erreurs de
rencontre. Elle avance une main, elle veut la poser
sur le genou d'Irène, elle tremble, son corps lui dit
qu'elle pèche, son sang lui dit qu'elle pèche, tout
son être dit qu'elle pèche. Et elle reste le corps
tremblant, essayant d'écraser cette chose intérieure
qui la dévore. La femme et la femme. Nul ne l'a
écrit; nul ne l'a dit. Aucune prévision. Elle pèche et
rien ni personne n'explique pourquoi elle pèche.
Tout le monde baragouine à ce sujet. Elle dit :
« C'est parce que le péché est une illusion, il n'y a
jamais eu de péché, le péché est un mythe. Et Adam
et Ève? Un mythe. Un prolongement de l'enfance. »

Moi, troisième interlocutrice, j'allumais un flambeau et j'éclairais son visage effroyablement lucide,
je voyais la terre moisie des cimetières, j'imaginais
des enfants, des milliers d'enfants rangés les uns
auprès des autres. Je disais : « Les morts n'ont pas
froid. Les morts n'ont pas faim. L'homme les a
serrés les uns contre les autres pour qu'ils n'aient
pas faim, pour qu'ils n'aient pas froid. Et la femme? »

La porte canari s'ouvre sur une femme au visage rond et gras, entre deux âges, pas très sympathique, avec des petits yeux qui n'ont pas vu plus loin que le plafond au-dessus de sa tête. C'est la chef et cela se voit à la terreur qu'elle inspire, au respect qu'elle suscite et surtout des feuilles et plusieurs crayons dépassent de sa poche.

« Au suivant ! »

Irène se lève. Ateba l'imite.

« Vous êtes ensemble ? » interroge la matrone d'un ton sec.

Irène acquiesce. Avant de refermer la porte, la chef lance vers celles qui croupissent sur les bancs un « La consultation est terminée. Revenez demain ! »

Rumeur de protestation chez les ventrues. Mine offensée de la chef. La porte claque.

« Elles ne se rendent pas compte ! Je travaille depuis l'aube. Je n'ai pas pris une minute pour souffler. Il est près de 11 heures. Et tout ça pour des clopinettes. C'est mon bon cœur qui me pousse à continuer ce métier. Un jour, le ciel m'en remerciera. » Elle va vers son bureau qui occupe tout un pan du mur et s'y assoit. « Je vous écoute », dit-elle en croisant très haut ses jambes. Irène fait deux pas timides, impressionnée par la blouse blanche et les diplômes encadrés. Elle regarde ses pieds ou peut-être la jambe de l'infirmière, elle craque ses doigts.

« Je suis venue vous voir il y a trois jours. Je suis enceinte.

– Date des dernières règles ?

– Je crois que c'était le 15 du mois dernier. Je n'en suis pas sûre. Mais...

– Tu as apporté ce qu'il faut ?

– Oui. » Elle sort des billets de banque qu'elle donne à la chef qui s'empresse de les faire disparaître dans la poche de sa blouse.

« Déshabille-toi et installe-toi sur la table. Toi, fait-elle à l'adresse d'Ateba, attends dehors. »

Ateba a juste eu le temps de voir Irène se dépouiller de ses vêtements. Maintenant, elle marche de long en large en regardant le carrelage sans le voir, exactement comme on regarde l'air ou le vent. Elle a l'habitude des pas qui prennent leur temps dans l'angoisse. Elle marche lentement, en se concentrant pour écouter le poids de ses pieds, pour oublier le poids de son corps, quelquefois, une porte s'ouvre, elle voit une infirmière affalée entre bière et feuilles de myondo, un chariot, une seringue ou simplement le ventre d'une accouchée. Entre deux tours, elle s'arrête devant la porte canari, elle donne l'oreille, elle n'entend rien, toujours rien, elle retourne dans ses pas en essayant de ne pas se souvenir des autres fois, des autres femmes.

12 heures. Elle en a assez d'écouter ses pas. Elle s'allonge sur un banc, elle ferme les yeux, tente de prendre son temps dans le sommeil avec le soleil qui lui brûle les paupières. Dans son visage, un monde qui n'est pas, les paysages d'un futur présent. Dans son visage la forêt bruissant sous le vent léger. Un soleil naissant au creux d'un arbre. Irène court vers elle. Ateba ouvre les bras. Elle voit sa chaleur venir tout entière dans ses mains et leur souffle se confondre.

« Tout s'est bien passé, gâ. L'homme ne me prend plus.

– Il n'y aura plus d'erreurs de rencontre.

– Nous avons attrapé les étoiles.

– Nous avons ajouté un peu de vie à la vie. »

Elles éclatent de rire. Elles rient jusqu'à la chute du midi et elles pleurent d'avoir tant ri et pleurent encore de savoir tant pleurer. Au réveil de la nuit, elles s'allongent sous l'arbre, elles écoutent les bruits, elles décident qu'elles ont peur, elles glissent l'une vers l'autre, elles s'enroulent dans leurs cavités chaudes et prennent le sommeil.

« Puis-je m'asseoir? »

Ateba ouvre les yeux sur une future maman. Ce n'est plus l'heure des consultations. Une urgence peut-être. Elle se lève, ses yeux piquent. Elle a pleuré, elle a tendrement pleuré.

Le retour chez Irène s'est fait sans encombre. Ateba a l'impression d'avoir dormi. Pourtant elle n'a pas dormi. Elle a regardé le paysage défiler; elle a vu le chauffeur griller les feux rouges et faire des queues de poisson en grommelant après tous ces Noirs à qui on a donné du « civilisé » sans les avoir civilisés auparavant. Elle lui a même parlé, elle lui a dit qu'il n'était pas détenteur de la vérité, il a rouspété, a exigé qu'elle s'explique, elle a répondu : « Ma mémoire s'est brisée, la fenêtre s'est fermée sur mon cœur, il faut réapprendre à penser. » Il l'a regardée, il a craché copieusement en disant que ses réflexions écorchaient la dignité humaine. Elle l'a écouté ou elle ne l'a pas écouté, elle a rêvé, les yeux grands ouverts, d'un lointain proche qui suppute le temps où le rouge revenait, où la femme habillait le mythe et habitait l'espace. Le chauffeur l'a sortie de ses brumes en réclamant son dû.

Maintenant, elle est dans la chambre d'Irène et celle-ci est allongée dans son lit, enfouie sous les couvertures. Ateba est debout contre le lit. Elle a tiré les rideaux et la clarté du jour à travers ceux-ci suffit à éclairer le visage d'Irène. Ses yeux sont ouverts, et, de temps à autre, elle pleure ou elle regarde Ateba intensément comme si elle cherchait à photographier son âme. Elle lui dit :

« Je perds beaucoup de sang. J'ai peur.

– Tu n'as que ce mot-là à la bouche. Je te déteste quand tu dis ce genre de chose.

– Je sais. Mais j'ai si froid.

– Calme-toi. C'est normal d'avoir un peu froid quand on perd du sang.

– Mourir ne me fait pas peur. C'est penser que je suis passée sur la pointe des pieds. J'aurais tant voulu avoir une maison bien à moi, tu comprends? Une vraie maison avec un homme et des enfants.

– Tu supporterais ça, toi, le poids d'un homme à longueur de journée, à longueur d'année?

– Mais c'est lui qui donne la vie. C'est lui qui me rend à la fois réelle et vraie. Sans lui, je n'existe pas, je ne suis qu'une illusion et personne ne me continuera.

– Arrête de dire des conneries. D'abord tu ne vas pas mourir, ensuite tu existes parce que la femme existe, enfin tu te continueras.

– Tu dis ça pour me rassurer... Tu dis toujours ça pour tuer l'angoisse. »

Ateba ne répond pas. Pourtant, tout au fond d'elle, elle a continué de plaider pour la vie, elle a plaidé avec la lune, le soleil, la pluie, le temps. Tous ces espaces abolis par l'absence.

« Tu ne m'aimes pas. Personne ne m'aime... Personne ne m'a jamais aimée », sanglote Irène.

Ateba s'assoit au bord du lit et prend la main de son amie. Irène tressaille. Peut-être à cause de la pression des doigts sur les siens? Je ne saurais le dire. L'expression de son visage s'est modifiée lentement et son regard a glissé dans le vide, et sur ses lèvres, comme fortuits, les mots sont venus :

« Il faut regagner la légende. »

Ateba n'a pas rêvé, elle n'a pas pensé non plus. Elle a juste sa main dans celle d'Irène, et elle écoute le bruit de sa respiration, l'écho de son ventre qui se vide jusqu'à ce qu'il se calme, qu'il s'ouvre à la lumière. Elle est bien comme ça, elle retrouve l'état d'avant la peur, quand la maman d'Irène fait irruption dans la chambre et lui dit qu'il est peut-être temps de rejoindre sa maison.

« Je ne peux pas, dit-elle... Je ne peux pas l'abandonner.

– Ne t'inquiète pas, petite. Je m'occuperai d'elle. Va te reposer. Tu en as bien besoin. »

Ateba est allée directement se coucher. Elle a sombré aussitôt dans un profond sommeil greffé de rêves qu'Irène habitait. Tantôt elle apparaissait, éclatante dans sa robe blanche, sa couronne de fleurs d'oranger se confondant avec l'azur, riant, s'étirant dans les airs, tantôt elle était une sorte de femme-girafe, agitant son cou sans cesse pour imposer le refus aux cancrelats. Elle disait que les noces n'étaient plus, que l'homme, aveuglé par trop d'ombre, avait cessé de voir, que s'il copulait il favoriserait la prolifération des larves qui empoisonnent et tuent la vie par l'origine.

C'est peu après minuit que les premiers cris l'ont réveillée. Moi, Moi qui vous raconte l'histoire, je le savais déjà. Je savais que la mort cousait sa robe noire, accroupie sur le crâne de la femme. Je l'avais vue la revêtir et s'élancer dans les ténèbres, sourde aux lamentations des étoiles, aux hurlements du vent et toujours cette aisance à semer ruines et décombres. Je me lançai à sa suite, criant qu'elle

144

n'avait pas le droit, qu'elle devait laisser l'amour irradier l'âme et la purifier, elle ne m'écoutait pas, je courus après elle jusqu'à rencontrer l'obstacle de la mer, et, impuissante, le cœur gonflé de sanglots, je retournai vers Ateba.

Elle s'est habillée en toute hâte et, maintenant, elle court vers la maison d'Irène, le cœur battant, les nerfs tordus, les yeux assis à l'horizon. Je me dis qu'il est inutile de sceller l'angoisse, de ficeler la peur puisque le corps doit arriver au paroxysme du désespoir, il est inutile d'écarter les matériaux nécessaires à son édification. Je me suis mise en retrait comme il convient de le faire et j'assiste à l'éclosion de l'inéluctable, je regarde la douleur écarteler la matière. Lorsqu'elle arrive chez Irène, la foule est amassée dans la cour en une haie dense. Déjà les pleureuses ont réintégré leur rôle et leurs hululements fusent, unissant la peine dans une symphonie discordante.

Irène est allongée dans son lit. Un mouchoir noué autour de la tête pour fermer sa bouche, les yeux clos, le visage a acquis cette pureté que seules la mort ou l'enfance sont à même de donner, un drap blanc recouvre le corps jusqu'au menton et cache les jambes, les mains croisées sur le ventre, le tas de viande à pourrir. Ateba pousse un gémissement rauque et laisse son corps partir à la renverse. Elle pleure, elle dit que la mort s'est trompée d'étoile et que dehors les manguiers, les avocatiers, les corossoliers refuseront de regarder le ventre de la nuit, elle dit que si les vibrations de l'air sont aussi intenses c'est parce qu'il souffre du baiser meurtrier, elle dit que, si la femme l'écoutait, il émanerait d'elle une telle force qu'elle deviendrait le souffle et que la mort, eh bien, la mort se coucherait sur son passage. Elle dit... Elle dit... Et je l'écoutais, et je la voyais se rouler par terre, manger la terre pour conjurer le sort. Je ne pouvais rien faire, je ne devais rien faire pour endiguer la peine. Je laissais les larmes venir, éteindre le feu et alimenter la mer; je laissais le désespoir s'accrocher aux mots, seules cordes qui l'amarraient désormais au monde. J'étais là à compter les dernières étoiles qui scintillaient encore lorsqu'une grosse femme, cent vingt kilos sur pied, s'approche d'elle et lui dit :

« Arrête de délirer ou fous le camp.

– Je ne délire pas. Je dis vrai... Rien que la vérité. Autrefois, la femme était étoile et scintillait nuit et jour dans le ciel. Un jour, par un phénomène que les astres piétinés refusent d'expliquer, l'homme fut propulsé sur terre. Il portait la souffrance dans le corps, il gémissait nuit et jour et l'étoile souffrait de le voir souffrir. Ne pouvant plus supporter ces plaintes qui laceraient ses chairs, elle voulut lui offrir son aide. Elle apporta avec elle des containers entiers de lumière et, nuit et jour, elle le veilla. Elle lui donna la lumière et l'amour en abondance et il se retrouva très vite sur pied. Considérant que sa mission s'achevait et qu'il était temps de regagner sa place dans les astres, elle fit ses bagages et voulut s'en aller. C'est alors qu'elle s'aperçut de la traîtrise de l'homme. Pour l'obliger à rester, il avait dérobé les containers de lumière et encerclé sa maison d'un fil de fer. L'étoile ne pouvait plus partir. Elle était prisonnière. Elle supplia, elle pleura, l'homme ne voulait rien entendre, il disait : " J'ai besoin de toi pour monter, je ne peux souffrir ton absence ", elle hurlait sa douleur, il s'accrochait à ses mots. Elle pleura pendant sept jours et sept nuits et ses larmes formèrent la mer, les rivières, les marigots et les lacs. Alors...

« – Clouez-lui le bec, maugréa un homme, c'est une folle!

– Non. Je ne suis pas folle. Mais toi... Toi, homme, tu as peur que les pagnes s'unissent contre toi.

– C'est une folle! brailla l'homme.

– C'est une sorcière, renchérit la femme aux cent vingt kilos.

– C'est elle qui a tué Irène, dit une autre, sentencieuse.

– Dehors! » clama la foule.

Lentement, Ateba recule jusqu'à buter à l'obstacle d'un escalier. Alors seulement, elle éclate de rire. Elle rit et elle dit qu'elle ira confectionner sa robe blanche à la nuit; elle dit que si le monde est scindé en deux c'est parce qu'il est jumeau du sexe de la femme; elle dit que les hommes, en fuyant l'originel, l'originel viendra à eux déjà consumé par l'attente; elle dit qu'ouvrir sa porte à la bêtise, c'est aussi la fermer à la vérité.

Ateba parle, elle peint, elle répète la parole de mille manières, on l'écoute ou on ne l'écoute pas, elle raconte, elle devient un torrent de mots, d'idées, de théories... Quand elle a fini d'épuiser le mot, elle tourne les talons et se met à courir... Moi, je cours derrière elle, je lui intime l'ordre de s'arrêter, de prendre le temps de la pensée. Elle ne m'entend pas, elle court, elle rit, elle pleure, elle rit et pleure encore du sale tour qu'Irène vient de lui jouer, du rêve de la femme qui part.

Au détour d'un étroit chemin, habilement choisi, le Sainte voûté sous la clarté aurifiée des étoiles. Çà et là, des fillettes « dessous interdits », mais prédestinées à la fabrique du sexe, offrent servilement leurs culs imberbes à des caresses licencieuses. De jeunes garçons atteints de vice jusqu'à la moelle s'exercent au dépucelage des portefeuilles. Des chauffeurs de taxi, appuyés au capot de leur véhicule, commentent goguenards les fesses qui circulent. Quelquefois, jaillit des ténèbres un « PUTAIN! » assaisonné d'un gros rire.

Ateba pousse la lourde porte rouge et entre. Ses yeux clignent dans la lumière fumée. Au fond de la salle, il y a une piste de danse. Funk. Disco. Slow. Des culs se nouent et se dénouent. Beaucoup de femmes seules, jambes libres et seins aigus. Elles dansent, elles rient, et leur joie monte, craquelée par le désir de l'homme. Certaines, style « tout terrain », jupe courte et taille sanglée de cuir, jouent de la langue en lorgnant les portefeuilles. La lumière cisaille violemment les traits, trahit l'angoisse de ces femmes qui, lasses de s'offrir, s'offrent encore et encore...

Perchée sur un tabouret au comptoir, Ateba regarde toutes ces femmes qui dansent et qui hurlent le désespoir jusque dans leur rythme. Après des siècles d'oppression, la femme a fini par progresser comme une ombre entre ruines et décombres.

C'est alors qu'elle l'a vue... La femme... Irène... Elle porte sa robe rouge en lamé or fendue sur les côtés. Quand elle danse, les pans s'ouvrent et découvrent les grandes jambes fuselées. Elle éclate de rire quand, de temps à autre, des mains d'hommes s'égarent dans l'étoffe. Lentement, l'esprit entre deux rêves, Ateba s'avance vers elle à petits pas. Il faut qu'elle marche doucement, lentement, elle le sait, pour ne pas effrayer la voyageuse, pour lui donner le temps de la reconnaître car il faudra bien qu'elle reconnaisse ses pas pour ne pas déraper.

« Irène! »

La jeune fille pivote vers elle. Ses lèvres ébauchent un sourire neutre. Puis : « Vous me confondez sûrement avec quelqu'un d'autre. Je ne m'appelle pas Irène.

– Excusez-moi. »

A reculons, le regard rivé sur la jeune fille, Ateba retourne au comptoir. La salle est pleine, les culs serrés. La quantité de gras, véritable majordome, annonce les fortunes, mais il y a surtout les marins et petits conquérants qui s'égosillent en marchandant leurs désirs. Un homme court sur pattes, muscles et gras confondus, s'approche d'Ateba, mains dans les poches, épaules ressorties.

« Combien? » interroge-t-il en allumant un cigare.

Ateba hésite. Autrefois, Irène venait ici et faisait fonctionner son sexe dans un vide absolu. Elle perdait le sens de son propre cheminement pour se soumettre à l'homme. Elle élaborait les fondations du vide et oubliait le regard. De ne plus regarder, le corps ne sentait plus, le corps reniait les sens et se terrait dans l'opacité du monde. Il n'y avait plus ni présence ni absence. C'était le règne du Rien. Peut-être... Ateba n'ose espérer. Dans les prunelles de l'homme, elle cherche les pas de la femme... Sa danse qui délivre l'éblouissement. Puis elle dit :

« Cinq mille.

– Tu n'y vas pas de main morte. J'espère que tu en vaux la peine. »

L'homme habite du côté des maisons d'argent. Là-bas, les pièces sont vastes, les timbres des sonnettes s'éteignent sous les moquettes ou les tapis d'Orient. Les misères de la rue s'effacent aux seuils. Mais, l'homme, lui, habite un appartement étroit aux murs froids où les meubles, les bibelots jetés à la hâte occupent une place provisoire : une table, deux chaises, un canapé et, au fond, la chambre avec un grand lit au centre et une commode de chaque côté.

La porte à peine franchie, il la prend dans ses bras et lui impose un lourd baiser.

« Déshabille-toi, dit-il le cœur battant. J'ai besoin du nu de la femme sous mes mains... J'ai envie de me fondre en elle... Dépêche-toi. »

Elle obéit. Maintenant, elle est allongée dans le lit et l'homme s'est jeté sur ses seins. Il les mange, il les taquine, il commente leur fermeté, la finesse de l'aréole. Puis, brusquement, il saisit les jambes et les pose sur ses épaules, attrape les reins à bras-le-corps, avant de s'enfoncer en elle avec un râle de plaisir.

« Que tu es bonne! dit-il en amorçant un va-et-vient savant. Tu as du rythme dans les reins. »

Il fait bon... Le corps de l'homme scintille couvert de petites perles salées... Soulevé par les roulements de hanches d'Ateba, le plaisir grimpe et débouche dans la fange. Il crie : « Salope! Putain!... Ouvre-toi... Je viens... Salope! Tiens... Tiens... » Il s'écroule sur elle, les yeux fermés, la bouche entrouverte, le souffle court.

« Tu es bonne, dit-il en la gratifiant d'un baiser dans le cou, je t'aimerais bien toute la nuit. »

Ateba n'a pas poussé un seul cri. Elle sait maintenant qu'Irène n'est pas là. Si elle était là, Ateba entendrait la danse de ses pas. Pour amortir sa marche, elle posait toujours le pied gauche avant le pied droit, elle disait que le pied droit, c'est l'infirme, le sabot, que son handicap le pousse au pire. Malgré tout, elle le gardait, pour la forme. Elle disait qu'il démolissait, piétinait, saccageait, mutilait et que seul le pied gauche est palme de paix, qu'il peut métamorphoser la violence, lui faire prendre toutes les couleurs de l'arc-en-ciel.

150

Ateba se lève, elle va dans la salle de bains, vide ses entrailles, tire la chasse d'eau. Quand elle revient dans la chambre, l'homme a repris son corps.

« Que fais-tu, chérie? interroge-t-il d'une voix ensommeillée. Viens donc près de moi.

– Je rentre.

– Hors de question, ma belle, dit-il en se redressant sur un coude. J'ai payé ton ventre pour la nuit.

– Il a rempli son rôle.

– Tu dois tenir tes engagements. Ton corps m'appartient jusqu'à l'aube. Un autre jour, ajoute-t-il, j'aurais pu te laisser partir. Mais, ce soir, j'ai besoin de l'empreinte d'une femme dans mon lit.

– Je ne peux pas. »

Déjà, elle s'habille, il bondit du lit et lui saisit les poignets.

« Lâche-moi!

– Non, petite putain! Je ne te laisserai pas avant d'avoir... »

Il lui plie le bras dans le dos et l'oblige à s'agenouiller devant lui.

« J'en veux pour mon argent, dit-il en frottant son sexe sur sa bouche. Prends-le. »

Il l'empoigne par les cheveux, il la force, elle résiste la bouche pleine de sa chair. Il se balance, les yeux mi-clos, la nuque ployée en arrière. Il s'enfonce, il veut sentir le sommet de sa gorge. Il va tout au fond avec des petits coups secs, rapides. Il souffle, il râle, elle le reçoit, la nausée dans le ventre.

Il la débarrasse en un floc mouillé et dit, le visage frétillant, que Dieu a sculpté la femme à genoux aux pieds de l'homme.

Moi qui vous raconte cette histoire, je sens mon cœur se transpercer d'effroi et mon sang se coaguler comme du lait caillé. Je vois la femme déployer ses ailes, cracher le sperme aux pieds de l'homme, lui balancer un lourd cendrier de cuivre sur le crâne. Je le vois tanguer plusieurs fois devant l'assaut répété de la femme, puis se fracasser par terre. Je ferme les yeux, je me bouche les oreilles, je sens l'apocalypse venir.

Elle s'est accroupie, a saisi la tête de l'homme et la cogne à deux mains sur le dallage. Le sang jaillit, éclabousse, souille, elle frappe, elle rythme ses coups, elle scande « Irène, Irène » et, comme elle perçoit encore la vie sous ses mains, elle ramasse un canif, et, envahie de joie, elle se met à frapper, à frapper de toutes ses forces. Enfin, le dernier spasme. Ses reins cèdent, la pisse inonde le cadavre sous elle. Les yeux hagards, le souffle court, elle s'affale sur lui.

« Irène, mon amour... Il ne fallait pas me faire ça... Tu m'as fait une de ces peurs!... Tu ne peux pas savoir... Viens dans mes bras... Viens tout contre moi... Je t'aime... »

Elle l'embrasse, de petits baisers qu'elle aspire dans son sang, elle l'embrasse en murmurant son nom indéfiniment et l'aube la trouve dans son long baiser d'Irène.

Mais Moi, Moi qui vous parle, j'entre dans la salle de bains, j'en ressors le lendemain lavée de mes angoisses. Même Dieu ne peut s'opposer à la volonté de la femme... Mon rôle s'achève. Il faut réintégrer la légende... Mon rôle s'achève.

Le jour s'est paré de ses plus beaux atours. Le soleil brille, et une brise de bonheur flotte dans l'air. J'ai mis ma robe de mariée. Je l'ai choisie longue avec du tulle dans le bas. Devant la glace, j'ai rajusté ma couronne de fleurs d'oranger, j'ai fardé mes joues de mes plus vifs désirs, j'attends les eaux de perdition et de la noyade... J'attends la venue des étoiles.

« Ateba! »

Elle se retourne lentement et me regarde.

« Je t'attendais... C'est le jour de notre mariage... Tu ne l'as pas oublié, j'espère.

— J'ai le vertige.

— Mais c'est Moi... C'est Moi ton âme. Tu ne me reconnais pas?

— L'héroïne encombre une fois sa mission terminée... L'histoire le dit.

— Mais c'est Moi... C'est Moi ton âme... Tu ne me reconnais donc pas?

— L'héroïne... »

Je comprends qu'il n'y a plus rien à prendre. Je la regarde s'avancer, seule, dans le jour naissant, dans les ruelles désertes. Ses pas résonnent sur le bitume, elle avance lentement, pas à pas, vers la clarté diffuse à l'horizon. Ce n'est pas cela qui l'attire mais cette lueur plus vive, tapie dans les eaux complexes des femmes à venir.

Achevé d'imprimer en Europe (France)
par Maury-Eurolivres - 45300 Manchecourt
le 2 août 1999.
Dépôt légal août 1999. ISBN 2-290-02512-7
1er dépôt légal dans la collection : décembre 1988
Éditions J'ai lu
84, rue de Grenelle, 75007 Paris
Diffusion France et étranger : Flammarion

2512